想，怎么回事，怎么一个大男人挂着个女人的名字，是不想让和他
的人知道他是男性，还是另有别的原因。但是宁白没有问，在宁
里这是个人隐私，不需自己过问的绝不过问。

是深秋，天越来越冷了，宁白的公司给机会出去看五花山，宁
工作成绩突出，老板很赏识，老板特别指示宁白可以带一个人
人无疑就是他了。

五花山他开始时并不热衷，因为他不喜欢山，如果是海他则
仁不让，他喜欢海，海的颜色让他喜欢得渗透骨髓。但一
和宁白在一起，他还是欣然前往，宁白是他的心头肉，是
生的最爱，比豆苗还让他喜欢。

一说豆苗就有出处了，豆苗是他中学的同学，是他的初
那会儿他爱豆苗不亚于他这会儿爱宁白。

当那会儿他十九岁，和豆苗最终未成眷属原因不在他
来也是他永远的痛，是他的母亲百般不同意，嫌豆
得太高，比他生生高出半头，实际这也不是豆苗的
，是他长得太矮，但母亲不这么看，母亲袒护儿子，
点谁都不能颠覆。

Q上挂的豆苗其实是他在寻找，这寻找旷日持
认识宁白之前的五年前
了，分手后，豆苗就随
一起消失了，去了哪
都说不清，这几乎扯
他的肠子，也让寻
个概念根植在他心

豆苗他能做什
他已有了宁
但是他就是
住自己，他
固执地寻
他甚至企
一天，
也能上
并一
看到
QQ
的

WEI YUEDU
微阅读
1+1工程
1+1
GONG
CHENG
第一辑

我们爱狼

U0657215

陈力娇

百花洲文艺出版社
BAIHUAZHOU LITERATURE AND ART PRESS

图书在版编目(CIP)数据

我们爱狼／陈力娇著.—南昌:百花洲文艺出版社,2013.5

(微阅读1+1工程)

ISBN 978 - 7 - 5500 - 0634 - 8

Ⅰ.①我… Ⅱ.①陈… Ⅲ.①小小说—小说集—中国—当代 Ⅳ.①I247.8

中国版本图书馆 CIP 数据核字(2013)第 099440 号

我们爱狼

陈力娇　著

出　版　人:姚雪雪

组稿编辑:陈永林

责任编辑:赵　霞　刘　云

出　　　版:百花洲文艺出版社

发行单位:全国新华书店

印　　　刷:北京一鑫印务有限责任公司

开　　　本:787mm×1092mm　1/16

印　　　张:12

版　　　次:2013 年 8 月第 1 版

印　　　次:2013 年 8 月第 1 次印刷

字　　　数:120 千字

书　　　号:ISBN 978 - 7 - 5500 - 0634 - 8

定　　　价:20.00 元

赣版权登字:05 - 2013 - 229

网址:http://www.bhzwy.com

图书若有印装错误,影响阅读,可向承印厂联系调换。

前　言

以"极短的篇幅包容极大的思想",才能够以小胜大,经过读者的阅读,碰撞出思想的火花,震撼人的心灵。正因为这样,微型小说成为一种充满了幽默智慧、充满了空灵巧妙的独特文体。

如果说在二十一世纪的头一个十年,是互联网大大改变了我们的生活,那么在我们正在经历的第二个十年里,手机将更为巨大地改变我们的生活。如今,以智能手机为平台,正在构成一个巨大的阅读平台。一种新的阅读方式正不知不觉地走进大众的生活。一个新的名词就此产生,它便是"微阅读"。微阅读,是一种借短消息、网络和短文体生存的阅读方式。微阅读是阅读领域的快餐,口袋书、手机报、微博,都代表微阅读。等车时,习惯拿出手机看新闻;走路时,喜欢戴上耳机"听"小说;陪人逛街,看电子书打发等待的时间。如果有这些行为,那说明你已在不知不觉中成为"微阅读"的忠实执行者了。让我们对微型小说前景充满信心和期待的是,微型小说在微阅读的浪潮中担当着极为重要的"源头活水"。

肩负着繁荣中国微型小说创作、促进这一文体进一步健康发展的责任和使命，微型小说选刊杂志社推出了"微阅读1+1工程"系列丛书。这套书由一百个当代中国微型小说作家的个人自选集组成，是微型小说选刊杂志社的一项以"打造文体，推出作家，奉献精品"为目的的微型小说重点工程。相信这套书的出版，对于促进微型小说文体的进一步推广和传播，对于激励微型小说作家的创作热情，对于微型小说这一文体与新媒体的进一步结合，将有着极为重要的作用和意义。

编者

2013 年 8 月

目　录

阿宠的春天

　　阿宠出生不到半年，就被送到煤井下，从此过上了暗淡无光的日子。

　　阿别很心疼阿宠，每天喂它草料时，都忘不了给它多兑些苞谷。阿别说，阿宠呀，虽说你叫阿宠，可是没人真正宠你呀，你知道你到井下意味着啥吗？就是你到死都得呆在这八百米深处呀。

　　阿宠像能听懂阿别的话，它抬头看了看阿别，不吃了，把头别到了食槽的这一方，眼里含着泪。那根拴在它脖颈的绳子，被它拉得直直的，像根棍儿，支在它和食槽之间，再也弹不回来了。

　　阿别就明白，阿宠是上火了。

　　上火的阿宠，任阿别再喂它什么都不会去吃了。

　　阿别知道了阿宠的脾气，从此不和阿宠说这样败兴的话了，他换了一种语气，像哄孩子一样对阿宠说，阿宠呀，你多幸福呀，有我陪着你，哪里找这样的好事呀，我要能再活十年，到时我们一起走呵，走呵，就不再回来了。

　　阿宠听了这话，果真不再耍脾气了，把它毛茸茸的头贴在阿别怀里，不住地拱动，还伸出舌头，去舔阿别苍老的胸脯。阿宠是一匹雪青马，皮毛白色重，青色少，像柔软的青白绸缎，均匀地披在它的身上。由于这一身好辨认的皮毛，它的命运注定在井下一生劳作。

　　但是这一天，阿宠瞎了。

　　终日不见阳光，阿宠的眼睛就什么也看不到了。阿别劝阿宠道，你别当回事呵，有眼没眼对你一样，你只负责拉车，我为你看路，我不会把你往坏道上领呀。阿宠唯有这一次没听阿别的，它躁动起来，嘶鸣起来。阿别的话音刚落，阿宠一个跳跃挣脱了缰绳，沿着它熟悉的巷道，一路狂奔。

　　阿宠毛了！阿宠不听话了！阿宠为自己的眼瞎痛苦了！矿工们放下手里的活儿，嘻嘻哈哈去追，他们追了一个巷道又一个巷道，阿宠却仿佛和他们

赛跑一样，在晕黄的灯光下灵便地时隐时现。其实阿宠的眼睛早在两个月前就模模糊糊了。

后面的人继续追着，呼啦啦几十号矿工，都是身强体壮，有井下工作经验的，可是任谁也追不上阿宠。五分钟后，阿宠自己停了下来。阿宠刚停下，矿工们就傻了眼了，在他们刚才干活儿的地方，传来轰隆一声闷响，像海浪拍打礁石，直滚到他们脚下。

塌方了!!!

矿工们怔住了，愣愣地盯着战栗不已的阿宠，心哆嗦了。忽然有人大喊，阿宠呀，你如亲爹娘呵，家里还有老小呢，不然这会儿我们就成煤下鬼了！这话是阿别喊出的，阿别老泪纵横，他的话，让巷道里顿时叹息四起。

连阿宠在内，五十条生命保住了；但是连阿宠在内，五十条生命也濒临死亡。没有粮食了，没有水了，阿宠也没草料了，更没有苞谷了。可是细心的阿别发现，巷道里有空气，因为他们并没感到窒息，却不知风从哪里来。

阿别吩咐矿工们找风源，有了风源就可能找到出口。

五个人开始行动了，阿别没让所有人一起行动，他想让大家保存体力，他们在井下还不知要呆多少天呢。有人往外打手机，但是信号不好。阿别就让所有人都把手机关了，节省电源，只留一部精良的随时与外面联络。子夜十分，一个叫阿炯的矿工终于和救援队伍联系上了。外面说，他们正在积极想办法，确定方位，让他们坚持住。这话就是说，活命的希望还很渺茫。

大家在巷道里坐了下来，阿宠也趴下了，阿别像守护神一样守护着它。大家心里七上八下。找风源的人一出去就迷路了，到了晚上才摸回来。他们告诉阿别，这是一个老巷道，一时摸不清它通向哪里，如果当时阿宠把他们引向别处，一定会比这好找出出口。

阿别一听不高兴了，把头扭过去，不理说话的人，却把阿宠搂得更紧了。

夜晚来临，人们相继睡去，可是睡下不久，就都激灵醒来，醒来就再也睡不着了。一晃，两天过去，救援没有进展，希望像撕破的纸屑，一点点飘落。许多人饿晕了，支撑不住了，已经有人把目光一次次集聚在阿宠身上。阿别明白大家怎样想的，但是那是他拼老命也不会让他们做的。

人们理解阿别的心思，没人率先行动，这让阿别很是慰藉。可是到了第五天，人们实在熬不下去了，眼冒金花，奄奄一息。阿别与阿宠商量，他说，阿宠呀，眼睁睁看着这么多人死去吗？阿宠没有应答，它也饿得虚脱了几次，没有力气回应主人的话了。

　　翌日清晨，饥饿如恶魔又一次降临。矿工们只剩下活命的欲望了。有一个人忍无可忍，手握尖刀爬到阿宠身旁，他面目狰狞，满眼贪光，可是他很快发现，不用他再费劲了，阿宠已为他准备好了丰盛的早餐。

　　在一个煤坑边，阿宠的一条腿搭在坑沿上，嘴巴上有黏黏的未干的血痕，显然是阿宠自己咬断了大动脉，血像个小喷泉，汩汩地流淌，热气正温温的袅袅的向上盘旋。

　　那边，阿别的泪，把眼睛都灌满了。

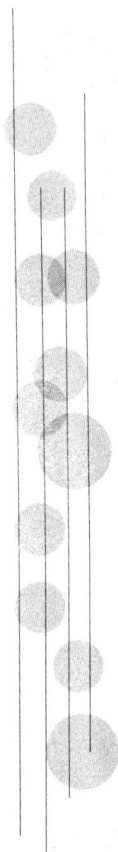

空谷足音

老县长退休后，人就哪也不去了，顶多在小区里练练太极拳。再就是在家拉拉二胡。这天老县长的《二泉映月》刚起个头儿，米佳的电话就像一只老鹰，扑棱棱长驱直入。

米佳说，老爷子，你快过来吧，你孙子坐在我店里不走了，硬说员工把他的衣服熨糊了，我说给他补偿他都不干，顾客都让他堵在外面，你说我这买卖还怎么做？

米佳和老县长住一个小区，开了家洗衣店。米佳在位时官做得不比老县长差，眼看着要提职了却出了问题，接了别人送的一尊小金佛。

由于承认错误态度好，又有严重的糖尿病，物品上缴后，就退养回家开了个洗衣店，人手都是雇的，生意倒也兴隆。

老县长来到洗衣店，一眼看到孙子跷着二郎腿，坐在门口的沙发上看报纸呢，大有不获全胜不收兵的架势。

老县长刚想板下脸来训斥，楼上下来一个人，声音像发过酵的老面，酸酸地糊过来：哎呀是您老啊，怠慢了，倒是叫我一声呀，我好为你泡上好的安溪铁观音啊！

老县长不用抬头，就被这热情感染了，人顿时高兴起来，常青藤见了树条一般瞬间盘了上去：小米子呀，你可是没少长进呀，当年工作就是把手儿，现在也不凡啊，自己开店，深入百姓嘛。

他们说说笑笑一起上了楼。

老县长像刘姥姥进大观园，上下打量宫殿般的屋子，老县长说，小米子啊，你这装修够级别呀，三星级不止啊。米佳说，哪里呀，我是想让自己快乐，我喜欢装饰，您老忘了，我还在您的办公室放过曼陀螺呢。老县长说，怎么不记得，你的绿油油的曼陀螺，我一闻就过敏，不得不让秘书搬出去。

米佳给老县长倒茶，老县长坐在沙发上。他年岁大了，坐在沙发上窝疼慌，茶水摆在他面前时，老县长忽然改了主意，他说，我不坐这里，我要坐到你的书房去，还是书房踏实。米佳只好扶起他，一起去书房。

一进门，老县长直奔写字桌，老县长坐在桌前，环顾四周，立马眼睛就直了。小米子呀，你真神了，还是你会过日子啊，我怎么就没想到呢？米佳摸不着头脑，她心里想着怎么处理他孙子的事呢，他的孙子要是这样闹下去，她每天纯利润就得损失三百元。

米佳问，您指什么？老县长说，办公室啊，你这不就是你当年的办公室吗？一模一样啊，你看这桌子，这电脑，这墙上的字画，这两盆子花，叫什么来着？米佳忙说，泰国黑金刚，发财树，都是木本的。对对对，老县长笑起来，木本的，你最喜欢木本的，还有你的红拖鞋，也是木头的，上班时你常常在屋里偷穿，有一次我在会上把你批评了，你哭着和我闹情绪，三天没理我。

老县长陶醉地说着，米佳的脸色却有了变化，她想起她昔日的日子，副县长，大好的光景，再一跃就成县长了，可是偏偏在那当口出了事。老县长没注意她的反应，老县长还在沉浸中，他摸着桌上的两面小红旗桌标，喜上眉梢，完全回到过去的时光，忽而发现米佳还站在自己身旁，像想起了什么，说，小米子，你那会儿可不敢离我这近啊，你都是在桌前站着，或者就坐在那排小沙发的头一个座，就像一株昙花，你一来呀，满屋子都亮堂堂。

老县长沾沾自喜，把比喻都弄错了，用了昙花，忘记了那正是米佳的命运，却浑然不觉，他的思路，正点点滴滴徜徉在从前的路上。老县长说，那会儿呀，我们对工作呀，就像对待一场场战役一样，来一个，攻破一个，又来一个，又攻破一个，来多少我们都不惧怕，一个一个的，如同虎口里拔牙。

老县长的目光依旧不停地寻隙着，他看到一只笔筒里插着好几只笔，恍惚间以为是过去，抽出来大笔一挥，龙飞凤舞地写下"同意"，交给米佳。却发现米佳眼里有亮闪闪的泪，就说，小米子，你哭什么？不是我害怕和你授受不亲啊，也不是我不喜欢你呀，你想，我们如果走到一起，多少人盯着我们呢，全机关"文武百官"，一个比一个眼尖，谁还能服我呀？

米佳知道老县长是时空颠倒了，脸红了一下，由着他说，而心里，却是打倒的五味瓶各般滋味。老县长说，要想当好官，儿女情长要控制，小金佛更要控制，你和我比，这方面就差一些了。

米佳说，那你为什么不提醒我？提醒我不要那个小金佛？老县长说，提醒了，那天下班天下着雨，我让你和我一起走，你不干，偏要说自己再坐一会儿，我没办法，只好由你，其实我知道你是在等人给你送贵重礼物。米佳想起来了，那天，她一个人坐到五点半，之后一个电话进来，她顶雨进了一辆宝马。那天她高兴极了，一个亮闪闪的小金佛看着她开怀大笑。

老县长还在像孩子一样，乐陶陶在纸上设计着"宏伟蓝图"，米佳看到，他这回不写"同意"两个字了，而是改成：人民不需要我们那样!!!!!!

后面放着一大把花束般的惊叹号，孙子的事，全然忘在了脑后。

返　航

马兵进了包厢，看都没看母亲一眼，倒头就睡。

母亲这会儿是他的仇人，把他从恋人身边抢回，如果用生吞活剥形容马兵的心情，马兵恨母亲的劲头，也正是这四个字。

马兵不明白，为什么他就不能娶比他大六岁的女人，为什么就不能和有钱的女老板结婚，他从小就没钱，他做梦都想有钱，可是母亲却像虎一样生生横在他前面。

包厢是女老板给定的豪华包厢，火车匀速前进，母亲第一次住这么高档的铺位，禁不住喜滋滋的，而马兵看到母亲的表情，差点怒吼出：乡巴佬！你知道我为什么要离开你吗？

母亲知道儿子气大，把眼睛移向窗外，其实她什么也没看到，她在想儿子的事，儿子怎么会喜欢比他大的女人呢，那哪是找媳妇，分明是找妈。她知道儿子喜欢钱，可是钱再好，也不能卖自己啊，也不能有辱门风啊。

包厢里一共四个人，另两个已入睡，马兵重新把头埋在被子里，他已泪流满面，他暗下决心，把母亲送回家后，他还要回到"她"的身边，他就是死，也要和她死在一起。

夜向最深处滑行，四个人都沉入梦乡。

不知过了多久，马兵被一个人的下床声惊醒，那个人先把脚落在他的床沿上，然后一用力跳了下来，听他的急切样，是去洗手间。这个人走出门后，马兵睁开眼，并且很惊奇，他是被一种声音吸引，一种像摆扑克牌一样的声音，从对面的中铺直逼他的耳鼓。

过道的灯光射过来，马兵看到了，一个人动作慌慌的，正从腿上放着的箱子往出倒动东西。他勾着头，顶铺让他直不起腰，他就那么艰难地弯着腰把箱子里的东西清空。

接着他迅速跳下床，急急地来到马兵铺前，没经马兵允许，就把一个大包塞在马兵的被下，然后悄声对马兵说，我被盯梢了，你帮帮我，我引开他们后，你把这个交给乘警，记住，一定是乘警，不是乘务员。那人的呼吸像一张热饼急急地贴过来，马兵不敢回答，也不敢起身，事情太突然了，不像是真的，会不会有诈。没容马兵多想，那个人又猫一样无声地窜回到自己的铺位。

母亲被惊醒，这个人的话她听到了，母亲说，你得帮啊马兵，救命的事哪能不帮？

这当儿，脚步声响过来，去厕所的人回来了，他进了包厢，拿起小桌上的矿泉水，咕嘟咕嘟喝了半瓶，抹抹嘴，上床继续睡。

一小时后，天亮了，列车到了一个小站，先是那个像猫一样的人收拾行装下车，然后是另一个人像狼一样一跃而起，紧随其后，马兵看到，除了他们俩，门口不远处的弹簧凳上坐着的两个人，也跟着下了车。

马兵出了一身的冷汗。用手触触那个包，硬硬的还在，马兵哆嗦起来。

母亲也很紧张，她在等着马兵的态度，终于马兵苦着惨白的脸说，妈，我们倒霉了。马兵带着哭腔：包里都是钱，这年头哪有带钱上车的，都带卡，我们倒大霉了。

马兵的话就像炸子开花，一下子说了几种可能，把母亲的思绪引向千千万万，难道钱是假的？难道想以假赖真？难道是女老板的圈套？难道……众多的难道像一捆绳索，把马兵和母亲捆得严严实实。

母亲比马兵镇定些，她年轻时当过妇女队长，领着妇女开过山造过渠，是战胜过难以想象困难的人，她刚想把自己的对策和儿子说，包厢外又有两个人进来了，来人很不友善，一进来眼睛就在他们身上巡来睃去。

这时就听母亲像被火炉烫了似的，哎呀一声叫起来：我的钱包，我的钱包不见了，没了钱，我拿什么吃饭呀?! 母亲的手来来回回在自己身上乱摸着，焦急得都要哭出来了。

马兵会意，马上接过母亲的话茬：找乘警啊，乘警会管你的，乘警找不到钱，也会送你回家！说着拉起母亲，冲到包厢外大喊大嚷：这是什么火车呀？到处都是小偷，生生地就把钱包给偷走了！站在过道上的人都给他俩让路，已经有乘警闻声赶来……

乘警把他们带进警务室，把包打开时，他们看到里面齐刷刷三大摞百元大钞，三十万。经验证，全是真货。马兵和母亲立了大功，乘警表扬了他们，

但也为他们的安全深深担忧，并让他们暂时不要回家，找一个可靠的地方避一避。马兵和母亲犯难了，往哪避呀，哪能安全呀，他们的亲属和他们家都住一个区域，去亲属那里和回自己家没什么两样。

乘警给他们时间让他们想一想，马兵无所谓，不行就和他们拼了，可是母亲不认为那是万全之策，她舍不得马兵，母亲向乘警要了一支烟，想了足足半个时辰，终于对乘警说出决定：我回我的家，你们把我儿子送上另一列火车，越保密越好，送回到我们先前来的地方。

乘警爽快地答应了，马兵却不解，惊疑地瞪大眼睛看着母亲。

母亲眼里的目光柔了，就像一艘絮满羽毛的船，送他回"大洋彼岸"。

扼住战争的人

他刚从监狱出来，头很晕，身上除了带把刀，没有别的。

公交车如常地往前走，车里挤满了人，他没有座，只能站着，头晕让他的一只手死死地拉住吊在空中的把手，另一只则攥紧靠窗座位的后背。座位是别人的，一个年轻的着黑衣的小伙子。小伙子的身后是一个妇女，珠光宝气。他一看就知道是小伙子的妈。小伙子的妈说，就不愿坐这路车，每一个红灯都能让它赶上。小伙子没回头，但他听得真切，说，车技太差，脑袋进水了。

他看着这娘俩，想，城市人真有福啊，我可是有十年没有坐上公交车了。

十年前他还小，炸鱼时放了雷管，把他的好友吴三平的腿炸没了，吴三平的媳妇一纸诉状把他告上法庭，由此他坐了十年的牢。其实雷管是吴三平偷来的，判也应该判吴三平，但是吴三平没有腿了，他就咬咬牙自己顶了。

现在他出来了，管教嘱咐他，一定要重新做人，三十岁什么都来得及。

他信了管教的话，开始在这个城市寻觅，寻觅能收留他的地方，能挣一碗饭的地方。当然回老家也不是不可以，老家的三亩田自父亲死后一直由别人代种，但是他不想回了，不是因为他在那出了事，而是他想忘记，忘记一切记得他的人，和他记得的一切人。

公交车还在继续走，走一站停一站，跟母鸡下蛋一样。上车的人总比下车的人多，人越多越挤，以至他的衣角都碰到了那个坐着的小伙子肩上。他怕冒犯人家，就双臂向后用力撑着，尽量给他们腾出余地。

这趟车是开往巴里的，巴里是天堂，巴里是这个城市的新区，摩天大楼一幢赛一幢，聚集的多是富人。狱友说到巴里找活儿容易，他就决定去巴里，找个旅店住下，慢慢寻觅。

正值十月，他穿得单薄，车窗开着，凉风如士兵一样挺进，他有点冷。但手心却在出汗。他就怕手心出汗，手心一出汗，哪里对他都是冰冷的，冷

热一反差，鼻子立即酸痒，喷嚏就不请自来，每当季节一交替，过敏就成了他身体的必修课。

车窗外人流熙攘，车来车往，新区的景致依稀可见，这让他感到新奇，恍惚间身处其中。他多少有些走神，有些忘我，手就不由自主离开了被他温热了的把手。手自由了，喷嚏却乘虚而入，好在他及时弯腰捂住了嘴巴，不然非惹事不可。

而事实上他已经惹事了，他怎么也没想到，尽管自己十分谨慎，也还是让下巴壳下的女人惊叫起来：干什么你？喷我一脸！女人的手在嘴巴前扇了一下，躲避瘟疫一样将头向后靠。儿子闻听回头，他恰好看到女人这个动作，他本是向右转去看她的母亲，那面临着车窗，看到母亲的样子后他改为向左转，和他的脸打个近距离照面，他拉下脸凶吼道：捂上点啊，没长手哇？

小伙子的样子吓着了他，他忙解释：我捂了，真的捂了，不信你问你妈。

他的眼睛急切地投向女人，他盼望女人能说句公道话。可是女人白了他一眼，把脸转向窗外。

女人不语，就是默认喷到她了，就是默认他没有捂，小伙子顿时抓住了把柄，态度更加恶劣：你有没有传染病啊？天下雨你不知道，打喷嚏你不知道啊？他紧张了，慌乱中不连贯地辩解：我不是故意的，再说我没有喷到你妈。他说的是实话，他弯腰的当儿看到了，他没有喷到女人，他离她还有一段距离，她只是厌烦他，才说了那样的话。

小伙子猛然站起身：你她妈还嘴硬。我看你就是欠揍！他揪住他的衣领，一拳打在他的鼻梁上，血热乎乎流下来。乘客看不下去了，劝道：服个软吧，出门在外不容易。他知道这话是对他好。也明白说句"对不起"可能事情就会好办些。可是他不想说，他坚信自己没有喷到她，没喷到就没有错，没有错道什么歉。小伙子揪衣领的动作更狠了，那只老虎钳似的手越来越用力了，他的脚跟都离地了，但是他还是没有服软。

一个想让他服软，一个决不服软，他们僵持着，又一拳打在他的耳根上，耳朵一阵鸣响，之后小伙子开始向上猛揍他的下巴，想把他的颈椎压断了，这一招很狠，他几乎听到颈椎的某一节被挤掉的声音，这促使他不得不迅速拿出对策，他必须赶在这之前，结束对手的生命。他最讨厌屈打成招了，为这他付出十年的代价，"对不起"是一句可逃命的话，但他不能说，他必须捍卫，这是他最后的尊严。

他的手向裤兜移去，那里有一把他的弹簧刀，是用来防身的，现在终于用上了，他只要把它摸出来，拇指一动，那亮亮的硬度，就会立即让对手毙命。

可是就在这一瞬间，迎面一声霹雳：孩子，手下留情吧，我来替他说，对不起了，你要是觉得还不够，我给你跪下了。扑通一声有人跪下了。

小伙子的手松开了，他移向兜里的手也停止了，他俩一同向那个跪下的人看去，见是一位老者，白发苍苍，衣着朴素，但是不幸的是，这个素不相识的人，跪下去就再也没起来。

阴险年代

王德水下地窖前，嘱咐老婆，你无论如何不能供出我，如果你说了，不但我的命没了，你的命也保不住。老婆惊恐地瞪大了眼睛，说，我就是把舌头咬下去，也绝不会供你。王德水就顺着往下吊菜的绳子溜了下去。

这就意味着，他以后就生活在地窖里了，地窖就是他的家了。

外面的红卫兵在敲门，王德水的老婆忙去开门。门开后，一群黄军装一窝蜂地飞进来。为首的说，王德水呢？我们找他，找不到他，你就得替他去挨斗。

王德水的老婆诺诺着：他昨天就走了，半夜走的，说不回来了，他还骂你们哪，说恨死他的学生们了，个个都是没良心的货。黄军装们听了她的话，都愣了愣。一时不知怎么对待这个告密者。良久还是那个为首的说，他要回来，你就告诉他，让他坦白交代，不然革命小将就把他送上断头台。

他说完，在院子里转了一圈，没发现什么，又觉得病病歪歪，连扣都系不全的王德水的老婆，实在没有什么可取之处，就呼啦啦走了。只有一个人，走到大门口时，回头望了一眼他曾经的师母。这个人叫王小亮。

王小亮长得个子不高，脑袋却极其好使，王德水最喜欢他，如果不是"革命"来临，他会倾尽一切把他送上国家一流大学。

王小亮这一眼，把王德水的老婆吓瘫了。她想起王德水和她说过，王小亮聪明绝顶，没有他解不开的数学题。那么王德水藏匿地窖，他是否也能解开，他那一眼到底是什么意思？

半夜时，王德水的老婆给王德水往地窖里放饭时，没忘记在饭盒里放一张纸条，纸条把这事说了。半小时后，她把盛有空饭盒的筐提上来时，王德水的意思也同样在空饭盒里夹着。大致是让她把王小亮的妹妹接到家里来，以给她做饭为名，带她成长。

王小亮的妈妈去世了，妹妹才七岁，一直都是王小亮带着。王德水以前

接她来家过，但是王德水因涉嫌父亲叛国，王小亮又把妹妹接了回去。这是半年前的事。

王德水的老婆拿着纸条想了半宿，最后明白了王德水是在掩人耳目。清晨，她来到王小亮的家。王小亮昨夜革了一夜的命，正在家睡觉，妹妹饿得哇哇大哭。王德水的老婆就摇醒王小亮，说，你老师走了，我一个人闲得慌，让你妹妹去我家吧，你看她饿的。王小亮困，也拿妹妹没办法，就点点头。王德水的媳妇从怀里掏出一块红薯，递给王小鲁，牵着她回了自己的家。

有了王小鲁在家里，王德水的家暂时安静了。

王德水的父亲是国民党高官，蒋介石去了台湾那年随军走了，他的妈妈抱着刚满月的他，是想同他一起去的，谁想父亲狠心抛下了他们。王德水不记着父亲长得啥样，可红卫兵记着，他们翻出王德水父亲的照片，威武的大盖帽，成了王德水头上的纸帽子。

王小鲁虽刚七岁，挺懂事，也能帮王德水的老婆干活，小鲁问，阿姨，打这么多土豆做什么呀，打两个就够了，五个我们俩吃得完吗？王德水的老婆回答，一次多打几个，下次做饭就不用再打皮了。小鲁是孩子，问过后就拉倒了。可是这天夜里她拉肚子，睡不着觉，刚要睡肠子就扭劲疼。

她不睡，可急坏了王德水的老婆，王德水那头还饿着呢。都快二更天了，王德水的老婆想不能再耽搁了，就悄悄地去了厨房，把盒放在小筐里，用一根带钩的绳，把饭盒顺着窖门送了下去。送时没什么，小鲁没看见，她在外面的马桶里蹲肚子，可是取时麻烦就来了。绳子也拉上来了，小鲁也从外面回来了，她提着裤子，看到王德水的老婆一点一点把一些空碗筷拽上来，又小心地放在地上，就问，阿姨，是谁在里面？这声问像霹雳，王德水的老婆慌忙转过身，和小鲁刚好打个照面，之后她一阵眩晕，一头栽在地上。

王小鲁拼命地喊阿姨，好歹算叫醒了她，她摸着小鲁的脑门说，阿姨明天给你炖鸡，阿姨在地窖里养了一只鸡，是别人家的，自己走来的，阿姨怕人家认领，给它喂点食。

这谎话也不知小鲁信没信，她在抽咽中睡着了。她睡着后，王德水的老婆又一次打开窖门，扔下一张纸条，上面写着，她看到我往出吊东西了，可能已经猜出了你，要不要弄死她？不一会儿一张纸条随着绳子上来了：使不得，她还是个孩子，不能殃及无辜，你出外面听听风声，我今夜离开这。

夜，墨色的，被鱼搅浑的水一样。王德水站在院中和老婆告别，他说，我不能等着他们来抓我，在外面被抓总比在家被抓好，你好好保重。

王德水走了，像一条受伤的鱼，融入深不见底的黑夜中。

第二天早上，红卫兵把王德水从郊外押回来，立即召开斗争大会。只见王小亮站在主席台上，把王德水的头按得眼看就到了脚面，他大声说，反革命怎么会逃出我的手心，七岁的孩子眼睛都是雪亮的。

他一招手，王小鲁乐颠颠跑上前台，她刚吃完王德水老婆为她做的糖包包，嘴角还挂着几丝糖。

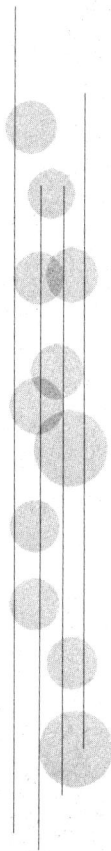

七 宗 罪

睡不着时，杨莹总想简一宁这个人。

想他的容貌、内心和灵魂。末了杨莹一锤定音，丈夫简一宁，是个灵魂有斑点的人。

这让她想起几件事。第一件，是他们刚结婚时，两个人一起逛超市，超市人多，买东西和看东西的络绎不绝。一辆购物车拦住了他们的去路，按杨莹的处事，会绕过去走别的路，可是简一宁不这样，他用膝盖撞走了购物车，且态度很敌意，杨莹不解，问为什么？简一宁说，凭什么让它拦着，那是我们的路。

简一宁理直气壮。

第二件事，是结婚第二年。他们一起去皇家俱乐部健身，那天路很滑，到处是雪后的浮冰，途中看到一位老太太倒在大街上，杨莹想奔过去把她扶起来，简一宁一把拽住她的貂皮衣袖，说不许去，不定哪个角落有他的家人盯梢，你一过去他们就冲上来，到时你吃不了兜着走。

那天杨莹走了好远，还不住地回头去看那位老太太，终于看到有人把她扶起来，却没看见她的家人出现。

第三件事，是结婚第三年。简一宁领着杨莹回老家，他的老家在乡村，那年简一宁的父亲正种果树苗，是城里简一宁的朋友给的项目，由于地少，简一宁让父亲同叔父合伙种。使用叔父的地，固然要多给叔父一些分成，但是分红时，简一宁却坚持少给叔父一些，他父亲说那你叔父不得知道啊？简一宁说，回头我和朋友说一声，就说今年树苗销量不好。

那年简一宁的父亲得了七成，简一宁的叔父得了三成，简一宁的叔父为此气吐了血。

第四件事，是结婚第四年。简一宁的单位分房号，他的房号是一单元二楼，二楼倒挺好，到老了上下方便，关键是二楼挡光，一溜商店把一单元从

一楼到三楼包裹得严严实实。一样花钱怎能吃这个亏，简一宁于是找到院长，要求换房号，院长不同意，简一宁就威胁他要写上告信，揭发老院长进药吃回扣。杨莹觉得他做得过火，简一宁却教导她，这叫围魏救赵，结果他到底换到手一套好房号。

后来杨莹知道，那套好房号是老院长自己的。老院长搬到简一宁的那套房子时，赶巧杨莹下班，他帮老院长把晾衣架拿到了那个挡光的房子里。

第五件事，是结婚第五年。简一宁竞聘科主任，届时老院长退了下来，老院长的儿子党校毕业顶了上去。简一宁怕自己仕途受阻，让杨莹去贿赂新院长，杨莹说，我拿什么贿赂？简一宁一声不吭，低低地骂了句，猪！杨莹就不明白，她除了每月的工资所剩无几，还有什么能让新院长动心。

后来在一件事，杨莹明白了简一宁的意思，那就是女色，起因是杨莹的闺密和一个高官有染，让自己三年之内暴富。杨莹很瞧不起这个自小玩大的朋友，很想绝交，和简一宁说时，简一宁却竖起大拇指，说真聪明，这才叫女人。

第六件事，是结婚第六年。简一宁种树苗的父亲得了脑中风，好了之后就脑萎缩，老人糊涂时连自己的儿子都不认得，用手指蘸大便满墙写字，可清醒时自己能上街。简一宁从来不制止父亲上街，他在父亲兜里塞张纸片，上面写，好心人请把我送到医院。终于有一天老父亲被车撞了，送到医院时，已无治疗价值，直接进入太平间。

事后杨莹问简一宁，太过分了吧？简一宁说，过什么分？这叫安乐死，你非让我动手吗？说着瞟了一眼橱柜，那里有一只针管，吓得杨莹再也不敢提这件事。

第七件事，是结婚第七年。这时简一宁已是神外科主任，他不知用什么办法使新院长动心，还是新院长爱才心切，把神外科那么一大摊子事交给了简一宁。

这天简一宁值班，他想吃鹿肉馅饺子，晚上八点钟杨莹做好给他送去，刚下电梯就看到简一宁在自己的办公室和人吵架，吵架的人是一个得了强直性脊髓炎的孩子的爸爸，简一宁给人家下错了药，害得那孩子七窍出血，孩子的父亲懂点医，看出端倪，正质问简一宁居何用心，也就是一眨眼的工夫，病人家属把一把刀插到了简一宁的胸上。

简一宁没有马上死，他被抬进了手术室，他把所有的医护人员都喝退，只留下杨莹，他摸摸杨莹的脸蛋，不无惋惜地说，这回就剩你自己了。杨莹

哭得上气不接下气，他心烦就说，给我一只鹿肉馅饺子。饺子他只吃了半个，就要闭眼睛，杨莹抓紧问他，为什么会这样？简一宁回答，太累了，我就是借他的手用用。

就这样，简一宁走了。

杨莹在简一宁走后眼泪并不多，她现在住在母亲的家里，她的肚子里有简一宁的孩子，已经五个月了，她在想到底留不留下他。

杨莹的母亲是基督徒，她一直在为简一宁的灵魂做祷告，每天早晚各一次。她对杨莹说，孩子，不用伤悲，一宁是去天国了，他在人间的功课不及格，上帝把他叫回补课去了。杨莹问，可是他的孩子我该怎么办？让不让他活，我担心他会像简一宁。母亲沉吟片刻，说，他就是简一宁，给他一次洗刷罪恶的机会吧。

取　经

　　姑姑不住城市，住乡村，姑姑在城市有一百多平方米的楼房，但她从来不住，都是姑夫一个人在那里撑着。

　　姑姑是搞美术的，画工笔画，到老了眼神不好，就停笔了，但屋子里到处都是她的画，好像她和那些画，已然百年好合。

　　姑姑的做法我们都不解，觉得她是在自讨苦吃，用我妈的话说，就是瘦福不压枝。好在不常接触，关于她，就成了一页老旧的黄纸上的故事，可有可无。可是我们又离不开她，尤其是我，生活中一遇到难事，准想到她。

　　我和五谷处朋友时，曾去过姑姑那里，当然是带着五谷。

　　五谷从她那屋里出来，滋滋地直吸冷气，问他怎么了，他说，你姑姑太厉害了，在她面前，就好像被剥光了。五谷的话直到我们分手，我才品出滋味，姑姑一看人就准，她能走到任何人的心里去，只要你和她在一起，不管是谁，哪怕一分钟，她也能判断出你这个人的终极成色。

　　果真五谷离我远去了。想必姑姑看五谷那两眼，就是在质问五谷：不诚心演的哪门子戏？难怪五谷起了一身的鸡皮疙瘩。

　　这次去姑姑那里，是我又在爱情的路上迷失了。这次我是和六童，和六童同居已经一年了，也就是说为人妇已经 360 天了。说来我总是犯这样的错误，总是爱一个人恨不能把他化成自己，恨不能把自己最宝贵的"命"，一股脑全给他。姑姑曾说过，女人最不会爱，一爱就张脚，落到爱的另一边了。另一边是什么，我没敢问，但我隐约知道，那一定是陷阱，是黑洞，一想到这，我也和五谷一样，满身起鸡皮疙瘩。

　　和六童，看来又是我错了。六童开初时很爱我，把我视为掌上明珠，那会儿他刚创业，手头没钱，却为我办了个小额贷款，领我去了趟九寨沟和西藏各玩了一次。我们像两管饿极了的海绵笔，浸足了那里的仙境美景，回来后心就饱和得什么都装不下了。

　　我们在外面租了房子，梦想着有一天能有自己的房子。我像老妈子一样给六童做饭、洗衣、铺床，六童自己办了个公司，每天很忙，我就把饭菜做

好给六童送去。这期间，我断了和所有朋友的交往，以为有六童就什么都不需要了，朋友再好能抵过我的六童吗？为了六童能有个好身体，我把自己的护士工作也辞了，六童有过敏性鼻炎，我一下班就带回一些各种各样的菌，六童的鼻炎就从没好过，一狠心，就把它辞了。

我成了全职太太，本以为六童会高兴，可是六童反倒不高兴了。有一天六童想看电影，可是兜里的钱不多了，而我又没钱，不上班没有工资，还要养车，又不能向父母要，就只有挨着，就只有和六童一起不看电影。

这其实就是我的危机，是爱情的危机，但我不敢想，不敢想黑暗会由此开始。也就是从不能看电影那天起，六童的脸上挂满了闷闷不乐，我做的饭再好吃，再使出吃奶的力气变出花样，六童还是有一搭没一搭吃得没滋没味，直到有一天六童公出。

六童公出说好了三天就回，可是两周过去了，他还是不回。一打他手机他就说忙。我呢只好在这忙中等他归来，一个人在六童的房子里住，心里什么滋味都有。其实爱人之间感应最灵敏，心里什么都明白，只是不相信自己。这样便想起姑姑，想听听她怎么说。

姑姑在菜园里种菜，一到春天她就忙了，在她房前不大的小园子里，种上自己喜欢吃的青菜、小萝卜、小白菜、黄瓜、西红柿等，姑姑翻垅时，我的车刚好停在她的院外，她离我只有一米远，但她不吭声，到底是我下车讪讪地走到她跟前。姑姑没说什么，递给我一把铁锹，意思是让我帮她翻地。姑姑老了，骨轻如柴，体内的力量所剩无几，看得出，翻这几垅地，对她来说是大运动量了。

我和姑姑仿佛有约定，我有事从不用和她张口，她也不问我，谜面当然都是我妈来时和她叨唠的，但对谜底，她从不吝啬，都是在我最需要时给我最佳答案。姑姑聪慧，聪慧到知道人心里想什么，聪慧到知道人需要什么，聪慧到把一条路捏碎了，像吃饼一样吃下去。

和姑姑干了一天的活，种子洒到了地里，用不了半个月，一场小雨，姑姑就能吃上青菜了。临走时，我装着在包里找车钥匙，其实是等姑姑的谜底，姑姑知晓我的意思，就在我起身要离开时她说，把你的东西从六童那里搬出来吧，这是你最后的尊严。我一愣，颇觉残酷。可是姑姑却小声叨咕：根都烂了，留着秧做什么。姑姑的手里拿着一把烂了根的暖香菜。

我一路驾车，想着姑姑的话，无疑，她正确。但我不能搬，那是我对六童最后的希望和念想。又过了一周，六童的短信来了：贝贝，我要结婚了，房子你帮我退掉吧，如果你接着住，下半月的租金别忘记给我。

我正收拾热水器，一筒热水从头上泼到脚下。

赝 品

我在中央商城北门，看见了欧阳小苹。

小苹是稻谷的媳妇，稻谷找她七七四十九天，没找到，却让我在这人流稠密的地方逮个正着。小苹此时正挽着一位男士的手臂闲逛。

小苹今年三十五岁，正是女人风骚不好养的年龄。和稻谷结婚十年，有一个女儿，七岁，由稻谷的母亲带着。稻谷的母亲长年有病，但她也得带孙女，因为小苹什么家务也不会，还动不动就跑。跑一气，回来一气，再跑一气。

这次她就是跑了两个月才在这里出现。

我盯着小苹的背影，想，要不要把这一消息告诉稻谷。稻谷在开酒吧，这也是小苹逼的。稻谷说，没地方释放哪行？她常年"跑外"，我就得常年找小姐，找一年得多少钱？不如养。于是稻谷一下子招募了七个。

我拿出手机的当儿，衣角被一只手拽了拽，回头一看，天哪，是稻谷的妈妈。老妈妈白发苍苍，佝偻着腰，个子早弯下半截，老眼昏花地望着我，说，建强，你帮我看看，那妖精是不是小苹？

我顺着稻谷妈妈手指的方向看，原来小苹没走，正与那男人吃瓜呢。我不敢对稻谷的妈妈说实情，怕她承受不了，老妈妈太可怜了，她每早送完孙女，都站在校门口不走，手拿木梳，等那些上早学没梳头的女孩，梳一个五毛钱，然后用这钱贴补孙女。

我说，那哪是小苹，那是人家小两口儿，你看那个甜蜜劲儿。

稻谷妈妈将信将疑，她自语道，要真是她，我就告诉稻谷不要她。我安慰老妈妈，说，哪会，我总不能连小苹都认不出吧，不然我去把她给你叫过来？老人家到底是败下阵来，她又开始在商场转悠，捡纸盒和矿泉水瓶了。

我决定不告诉稻谷我看见小苹了，我还决定动员稻谷和小苹离婚，为女儿正正经经找一个妈，还孩子一份温馨。但是这话我还没来得及说，稻谷开的酒吧就被公安局端了。稻谷和他招募的七个小姐，一个不少都进了拘留所。

我和稻谷是哥们儿，以往稻谷有事都是我出头，这回也没说的，我又得为捞稻谷而东奔西跑了。

除了罚款，还需要做的就是，给刑侦大队的李头儿一点礼品。这礼品可不比其他，很贵重的。稻谷没进去之前，就和我说过，李头儿喜欢收藏，现在就缺个手压杯了，做梦都想把那东西弄到手。

现在这手压杯就成为当务之急。

我来到古玩市场，进了一家叫"青花居"的古玩店。一个穿大花裤头，光大膀子，手里拿着羽毛扇的中年男子接待了我。这人搭眼一看像见过，可细究又想不起来。他对古玩很熟，认真为我介绍手压杯的出产年代。他说手压杯是明朝永乐年间的青花，那时就以小巧玲珑著名。

接着他递给我的一个形状像小酒杯那般大小的手压杯，我吃了一惊，就这么个小玩意值得李头儿动心吗？我怀疑。好在大花裤头进一步做着煽动，介绍道，这种杯以杯心画双狮滚球为最名贵，其次是画鸳鸯的。而我拿到手这个正是画鸳鸯的，上面还刻着篆体的"永乐年制"。

我问大花裤头，多少钱？

大花裤头伸出一个指头，又伸出两个指头，说，一万二。又说，我是遇到行家了，否则对一般的顾客我从不报实价。

我乜了一眼大花裤头，知道他在和我套近乎，就说，写着是永乐年，未必就是永乐年，这年头赝品太多。

大花裤头说，买东西要区分真假，假的真不了，真的假不了，我这铺子，靠的是回头客。若有假，我假一赔二。大花裤头信誓旦旦。

我多少还是信了大花裤头的。再一点我想这是民族博物院，在这地方行骗多少有点冒险。我还价，照着一半带拐弯去砍，五千八。大花裤头一听，把头摇成了快节奏，说，不行不行，这是我看你懂行，若是别人我会要他两万四，你还是去别人家看看吧。

大花裤头要撵人，而我又没时间去别的人家，再说我急着捞稻谷，哪还有心思讨价还价。我说，我最后给你一次价，你若不应，我立马走人。我的态度让大花裤头打了个愣，趁机我报出六千八。

大花裤头大约看出我的坚决，就冲着后屋喊，老婆，你出来一下，有买主了，你看这价位行吗？随着应答声，从后屋九曲回廊的玻璃墙后面，袅袅娜娜晃出一个身影，这人像刚刚进行完洗浴，穿着睡衣，头缠粉色大毛巾，一朵云一样飘了过来。我一看，差点晕过去，心里暗叫，碰见鬼了。连忙放下手压杯，趁她没到近前，掉头就走……

身后小苹的声音传了出来，兄弟，三千八你要不要？

我难受。想找个地缝儿钻进去，冬眠。

高　墙

说好了，不变卦，放风后还是变卦了。

监狱的高墙威严地立着，越狱不容易。但是如果老栋帮他，趁老栋喝酒装醉时出逃，不是没有可能。老栋也同意了，条件是：把你的金戒指给我，我让你过幸福的日子。

金戒指是藏在肛门里带进去的，是一个足 K 金的家传宝物，由此他的肛门疼了三天。用金戒指换一条命值，否则他死金戒指也死，他的尸体腐烂后，金戒指就被埋在泥里。他明白了这一点，就向老栋许诺，如老栋救他一命，金戒指就归老栋了。

越狱的时间定在第二天中午十二点半，十二点半由老栋押解他清理大墙下面的青砖，把砖一块块从淤泥里扒出，再一块块搬到院中心码上，码完后，他这个现行反革命就可以逃出高墙活命去了。

事情就这么定了，他对老栋感恩戴德。

老栋是他的同乡，还是他的小学同学。老栋家很穷，上学时没鞋穿，七里路常常赤脚，他就把自家的鞋拿给老栋穿。他的家也不富，但却不缺鞋，爷爷会编草鞋，把甸子上的青草打回来，趁湿编好，编出大小码，肥瘦不一好多双，挂在耳房里，用一双，拿一双，当然他都是用一双拿两双，他和老栋的友情就是这么过来的。

监狱开饭是十一点半，他吃过饭，从衣缝里把金戒指取出来，又一次放在肛门里，这样给老栋时方便一些，不然就得用牙咬针脚——招人眼目。他做好了这些，老栋就在门外叫了：13 号，出来！他的心怦怦跳着，跟着老栋绕过房山头，去了后院。

监狱是临时监狱，在郊外的土丘山坡上，出了监狱的门，或是翻过任何一处高墙，只要往山下一滚，速度会比下山快，滚到一些丛林中，就是再找他，也如登天一样难。这些都是老栋告诉他的。

抠青砖时很难，都是在一个淤泥坑里往出抠，抠着抠着那坑就见水了，他就只有在水里抠，说不定这是个古墓或是别的什么，反正就是不见砖的底，一眨眼青砖就有百十块了。

由于刚吃过饭，两个窝头和一碗菜汤，他有点反胃，他在菜汤里看见两只老蟑螂，一个肚向上，一个肚向下，他把它们挑出扔掉，把汤喝了，谁知挑出和没挑出一样，极其恶心，现在他就想吐，肚子也在呼应，咕咕像开水一样冒泡，几轮声响过后，便意来了。他高声向老栋禀报：长官，我要解大手。其实他是在通知老栋，让老栋到屎里把金戒指捞出来。

老栋果然是聪明人，从兜里掏出几块纸，递给他两块，又弯腰神不知鬼不觉地捡出自己的需要。老栋一阵欢喜，欢喜之余，向着他的屁股踢了一脚，外人看，是嫌他麻烦，只有他懂，老栋是高兴。小时候老栋就这样，一遇到高兴的事，先给他当胸一拳，如今老栋不能当胸一拳，只能踢屁股。

他提上裤子继续干活，路过老栋跟前时，他低声说，别诓我，君子一言，驷马难追。老栋不含糊，背向监狱和他说，快了，再有二十分钟，那个砖坑就抠到墙根了，等露了天，你就可以从那出去，右拐直入最近的那片林子，你现在的任务就是，把砖多抠出一些，形成掩体，监狱里的人，就看不见墙被抠透了。

他感激地望了老栋一眼，开始快速抠砖。

这是个古砖窑，不是古墓，他一边抠一边佩服老栋的见识。与老栋做什么都是后发制人，小时候回答老师的问题，他总是第一个被"门"在那里，站起来奓拉着头，不知所云，而等其他同学站起身把问题答出来后，他忽然举手，做以补充：老师，这个问题不是他说的那样。老师狐疑地看着他，想给他教训，而等他进一步说出理由，老师的气全消了，老师心悦诚服，说：好好，你坐下，这回你是我老师。

现在老栋让他抠砖，这真是个再好不过的主意。不然谁敢在光天化日之下打洞，只要洞通了，他的命就保住了，虽失去一枚金戒指，那也是古今最划算的事。

墙底下的砖终于动了，他现在胜利在望。

他回头看老栋，老栋正往岗楼上走。老栋上了岗楼，和哨位借了火，两个人都吸起了烟，之后哨位吸着老栋给的烟，提着枪乐颠颠下去了。

一切都按他俩原来的部署向前运行，老栋把手低到岗楼外面的掩体下，向他竖起了大拇指，他的劲头更足了，有喜悦浮在他瘦削的脸上。

墙透了，老栋也看到了，他在等老栋的指示。

老栋四下里望望，终于郑重地向他点了点头。

他越过墙体，从泥水里爬了出去，浑身情不自禁地打哆嗦，他强按捺住自己，直奔老栋指点的右侧的那片树林。林涛怒吼，犹如千军万马厮杀，听不出个数。他拼命地跑。跑着跑着，就觉得背部猛然被人敲了一锤，敲得他一阵踉跄，内脏被烫了一样热辣辣麻痛，他意识到自己被枪射中时，想转身看个究竟，可是他已不由分说地软了下去。

老栋放下手中冒着烟的枪想，别的都瞎扯，就是对不住你那几双草鞋了。

登　山

千山很高，没事的时候大伙就去爬山。局长也愿意爬山，他爬山从不结伴，从不带女客，都是一个人孤独独把山爬完。

局长爬山和别人不同，别人爬山是玩，是锻炼身体，局长爬山有特别旨意，单说他爬山的日期就与别人有别，都是选初一和十五，其他日子从不打破规矩。

但是这一天，事情稍有变化，他多年的好友，省局的上司局长来了，随身还带着个小秘，小秘是登山迷，一看见千山高大雄伟就想抱一抱，他就不得不陪同登山。这天是初四，既不是初一也不是十五，这天还有女客，违反他不结伴不带女客的规定，这天更有个大大的不适，他的小脚趾长了个鸡眼，鸡眼像针鼻一样从他的皮肉深处探出，不管他把老皮剪去多少，还是看不到那鸡眼的底部，且钻心地疼痛。

即使这样他也还是要陪同爬山。

来到山脚下时，他下意识左顾右盼，寻找最后一线良机，如果有人能替代他，他宁愿年底给他个红包，或给他提个官职，这比拎着东西去他家送礼不知要少走多少捷径，可是没人有这福分，他又不敢操起手机叫他的兵，老连忌讳把自己的私事传出去。

小秘很快乐，一个人在前面燕子一样展翅，一会儿就把他俩落了很远，然后蹭高而呼让他们快点。局长倒是想快点，但他快不了，他的"小鸡眼睛"一阵比一阵眨巴得快。

老连陪他，还是他陪老连，一时间有些难以分清。最后他不得不对老连说，你先上去，我缓缓劲马上跟上来。老连听了他的，迈出脚步后回望了一眼，似乎不放心，怕他中途溜走，他就向老连摆手，去吧去吧，只需一刻钟。

这一刻钟，他倒是把劲缓足了，站起身时却发现，还不如不歇了，不歇他能坚持着走，歇了，反倒疼得更厉害了，那鸡眼像一根绳索，把他的脚神经扯得一直疼到大腿窝。

无奈他只有从旁边的一棵枯树上撅下一根树杈，挂着它好歹能向前挪步了，速度却比原来慢了一半。已经到了山顶的老连和小秘，看到像小甲虫一样在山腰蠕动的他，向他敞开喉咙，让他加把劲。他擦了擦额顶的汗，用手势告诉他们，你们先进寺吧，不要等我。也不知他们明没明白。

山顶有个普光寺，金碧辉煌，香烟缭绕，每天做道场的人络绎不绝，善男信女们上了山，哪怕仅仅是过来玩，也忘不了烧一炷碗口粗的香，香灰几天就把像小车斗一样的大香炉填满了。

他依旧艰难地走着，每蹬一步，那小鸡眼都在他的脚趾里蹦高，弄得他丝丝地直吐蛇信子，他开始后悔跟他们上来了，不如当时一狠心不陪算了。

现在只有两个办法，一是坐下来等他们，少了上山的路，也少了下山的路，这样会省去许多力气，减少许多疼痛。二是他返身下山，山脚下有个卫生院，他可以到那里处置一下，上点止疼药，必要时滴点麻药。可是这两点他都不能做，做了他就违背了当地的习俗，违反了自己多年的恪守。

当地的习俗是，为官者，登山一半而返，官止。恪守是，登山必登顶，反之无仕途。也就是说，他不能半途而废，就是累死，也一定要到佛祖那里取回吉祥。

他继续在半山腰上攀登，每前进一步都要疼出一身冷汗，但他坚持着，他只有前进，没有后退，进则生，退则死。

大约一小时后，他成功了。

在离山顶还有一百米时，他看到小秘挽着老连的胳膊热热闹闹下来了，老连向着他喊，别往上蹬了，就等在那吧。小秘也喊，大哥，往回返吧，山顶不再欢迎你了。小秘有小秘的心思，她还要去透笼泉。

可是他还是往上蹬，他们的话他像没听到，他得完成自己的使命，他说什么也不能像熊市的股票一样下跌到横盘。一转眼，老连和小秘已经来到他近前，老连说，你看你呀，可够实在的了，就不能坐在那等吗？鸡眼痛可不是小痛。

他呵呵地笑着，依旧向前走，他想从他们身边越过去，老连却拉住他，说，就别往上走了，没啥好玩的了，普光寺你又不是没去过。他还是呵呵地笑，他说，不行不行，不到长城非好汉，你们都上去了，我也得上去。说着继续往前走。

小秘不高兴了，她的眼里露出不愉快的光，她说，我们还要去透笼泉，就你这速度，天黑能赶到呀？他说，不打紧不打紧，你们先下，我让司机送你们先去，我随后就赶到。

说着人已经向前了，鸡眼一阵钻心地疼痛，险些把他掀下山去。

小秘见他走远，嘟囔，搞什么搞，那点小心思，谁不知道啊，不就怕丢官吗？又回头对老连说，下次你把他弄下去，看是佛祖说了算，还是咱说了算。

饥饿的歌声

米粒初中毕业，暂时没有工作，待在家里和母亲做土豆包包。

土豆包包很繁琐，且费时费力，米粒不情愿，却苦于母亲严厉的眼神。

这天米粒来了解救的人，是街道的曾阿姨。曾阿姨一来，母亲绽开笑脸迎了上去。曾阿姨对母亲说，听说你家米粒唱得好，我是特地来请她，水城之夏音乐会，想让米粒拿头彩。母亲一听乐了，说，我家米粒唱得是好，但是你们那里供饭吗？米粒一走，土豆包包没人做了，我家还有等着吃饭的呢。曾阿姨忙道，就是因为供饭我才找米粒的，我知道你家困难，粮食不够吃，米粒去练唱，半个月就可以给你家省下六斤粮，那要顶多少土豆包包呀？

母亲不吭声了，她没有算过曾阿姨。曾阿姨是街道主任，一个街道几千户人家都归她管，母亲就是满心的不愿意，也不敢随便说了。

第二天米粒去练唱了。米粒的嗓音，天生丽质，高音亮而圆，一般歌曲都是原调唱，唱郭兰英的一条大河，根本不用降调，又柔又软，余音悠长，懂行的人闭眼一听，俨然在品尝郭兰英甜美的歌喉，不由得对米粒刮目相看。

乐手们很久没听到这样的声音了，曲音一落，他们放下手中的乐器都不吭声了，他们完全沉浸了，他们被这小姑娘的歌声征服了。

曾阿姨站在一旁，把这一切都看在眼里。她虽不懂音乐，但米粒唱得好她还是知道的，乐手们发了愣她还是看得出来的。曾阿姨就当即许愿，米粒好好唱，音乐会若一举夺魁，阿姨推荐你去文工团。

曾阿姨的话，搅动起米粒的心思，她做梦都想上文工团，那样她就不用天天做土豆包包了。米粒高兴得唱了一首又一首。

米粒一时间成了明星。大家吃饭的时候都愿意和米粒挨着，问她一些什么时候开始练唱，什么时候开始喜欢唱歌一类的。米粒一一回答，却也神不守舍。食堂里吃得好，每顿一个菜，两个馒头，米粒就想到了哥哥。哥哥瘫瘫在床，从没吃过白面馒头。米粒一想到他，就吃不下去了。就和曾阿姨提出，能不能把自己的另一馒头，带给自己的哥哥。

若是别人，曾阿姨不会同意，但她是米粒，音乐会最有希望的歌手。曾阿姨就点头了。从这天起，米粒每顿都吃一个馒头，把另一个馒头留给了哥哥。

一个馒头很快就消化完了，米粒会很快感到饥饿，但她会转移方向，她一饿就唱歌，一唱歌就什么都忘了。这办法很帮米粒的忙，既赶跑了饿，还把歌越练越好，米粒成了大家的宠儿。

一转眼，水城之夏音乐会临近了，排练也在紧锣密鼓中。这天彩排，彩排实际就是领导检查节目。曾阿姨对彩排十分重视，她说，主管文化的县长前来观看，文化局长前来观看，这次演出，不亚于正式演出。米粒第一次上台，曾阿姨鼓励她，好好唱，县长看你唱得好，会特批你去文工团。米粒是个孩子，只要能去文工团，她什么都不害怕，别说在台上唱一两首歌。

米粒的放松果然让她声名鹊起，歌声像一只漂亮的鸟，飞向在场的每一个人的心，让人久久挥之不去。县长上台和演员合影时，特意拉过米粒，问寒问暖，还让摄影师给他们单独合照了一张。

曾阿姨对米粒的表现，别提多高兴了。

三天以后音乐会开始了。演出顺序排在下午。曾阿姨为增加演员的士气，中餐特地由馒头改成面条。又特地把米粒和一个小演员单独安排在一张桌上。可是那小演员突然肚子痛，面条都没吃，青着脸回去了。米粒很惋惜那碗面条，若是馒头，她会给哥哥留着。

小演员突然掉队让曾阿姨很是不悦，但一想到有米粒顶着，能一俊遮百丑，曾阿姨一心的乌云也就散了。可是事情往往不随人愿，往往都是指儿不养娘，指地不打粮。谁都没想到这么有优势的米粒，会意外地把这次演出搞砸了，米粒在演唱时高音区根本就没上去，而且声音暗哑，还出现了破音儿。

曾阿姨失望了，当时就摆了脸子。米粒自己也失望，下了台妆都没卸，一个人哭着回家了。不用说去文工团的事也泡汤了。

米粒又开始做土豆包包了，任谁也问不出她败场的原因，成为一个谜。

一直到十年后，米粒考上了音乐学院，偶然的一次机会，米粒遇到当年的一位乐手，乐手请米粒吃饭，席间问起了这事，米粒的神情怅然了很久，才说：那碗面条，扔了真的太可惜了。

念 想 儿

离婚艰难，先是两个人往死里掐。

杨栋站在自家三十平方米大的房厅里，举着徐菁菁陪嫁时带过来的晚唐青花瓷瓶就要摔。徐菁菁不甘示弱，指着杨栋破口大骂，你他妈摔，你若不摔就不是你爸揍的；你若摔姑奶奶就跟你离定了。杨栋的吼声比徐菁菁还高，我怕你离？我跟你早过够了，若不差孩子有个亲妈，我在乎你?! 说着手举瓶落，一声巨响，一地碎瓷。

徐菁菁惊住了，她先是发愣，后是心疼，再后就牙一咬，脚一跺，去你妈的，看姑奶奶怎么收拾你！一纸诉状把杨栋告上了法庭。

法院下传票给杨栋时，杨栋正在古玩市场转悠，他想买一个青瓷花瓶赔给徐菁菁，虽买不到晚唐的，晚清的还是能买到，再说谁也不能证明徐菁菁的那个就是晚唐的。他正这么想着，单位的文书来电话，说法院传他，杨栋立即傻了，他明白徐菁菁这回是铁了心了。

杨栋往法院赶时，徐菁菁正坐在车上胡思乱想，她是去律师那里。

车子在崎岖不平的路上行驶，黑色帕萨特，企鹅一样钻来摆去。一行四人，一上车就开玩笑，只有徐菁菁抑郁寡欢。可能是玩笑分散了注意力，那辆二十吨的大卡车贴上来他们都没注意，等到注意了，那卡车已经像老鹰一样把他们深深的夹在腋下。

徐菁菁刚好坐在车的右侧，一面大幕蒙了过来，顿时遮黑了视线，接着是董小杜硬邦邦的胳膊肘儿，钉子一样插进她的肋骨。董小杜胖，一百九十斤，她当时就晕了过去。

醒来时已经是第二天夜里，是在医院，惨白的灯光下，杨栋坐在她床前的凳子上打盹。杨栋睡得沉，头猛力一垂时醒来了，看到她睁开了眼睛，有些惊喜，说，可醒来了。徐菁菁不想理他，重又闭上眼睛，肋下疼痛，臂膊骨折，一条腿打着牵引，一动都不能动。看自己这副惨相，泪水就顺着眼角流了下来。

杨栋也蔫蔫的，摔青花瓷瓶的劲儿早没了，他替她擦去眼泪，说，你就挺好了，四个人死了两个。徐菁菁睁开眼睛，干涩着嗓音问，谁？杨栋没说谁，只说，你和董小杜命大。徐菁菁的心一阵冰凉，顿时头晕目眩。

徐菁菁晕了一天一夜，手机就关了一天一夜，它总叫，杨栋只有把它关掉，这会儿他见徐菁菁醒来，就说，手机我给你充好电了，你想开机吗？徐菁菁不能动，开机也不能接，但她却想开，想知道里面的内容，特别是律师的消息。

见徐菁菁不语，杨栋就把手机打开了，给她调了振动放在了枕边，不一会儿那绿色的手机就像只小蛤蟆一样不停地蹦了起来，看样积存了四五条短信。徐菁菁让杨栋念给她听，杨栋迟疑了一下，只有念。第一条短信是徐菁菁母亲的，说孩子在她那很好，让他们别挂念，暑假她带他回来住一个月。徐菁菁想，上哪住呀，那时这个家早就四分五裂了，孩子怕是要爹没爹要妈没妈了。

徐菁菁又哭了起来。泪水要进到耳朵里时，杨栋给她擦了。

第二条短信是董小杜的，写道，姐姐，你不醒，我不等你了，明年春天我回来看你，我去闯世界了。这回徐菁菁没有哭，她想起董小杜，那个比她小七八岁的孩子，一直不敢出去找工作，在她的劝导下，终于去了，临走却给她留下了"纪念。"

第三条短信就是律师的，律师的话很短，只有一句，二十四号开庭。

杨栋念到这句时，和徐菁菁一样，心里一紧，瞬时像有一枚苦胆爆裂了，浓汁所到之处，无不苦涩。但杨栋是男人，继续往下念……

第五条短信太长了，杨栋念了半天也没有念完的意思，徐菁菁有生以来也没见过这么长的短信，尽管她迫不及待地想知道属名，她也还是得一句一句往下听。

杨栋念了足足有一分钟。

晚上睡觉的时候不要开窗子，二楼的阳台很容易爬进人；家里的钱不能都存进银行，盗贼闯入不能什么也得不到，那样会丢了幸命；出门时不要和陌生人说话；卫生巾别用胶网面的，要用棉质的，不然你的皮肤又该过敏了；海参每早吃一个，连续一个月就行，不能多吃，吃多会上火；你挣的工资少，美容就别做了……

这是什么短信，徐菁菁越听越糊涂。然而最后一句还是帮她把谜底揭开：青花瓷瓶不是我有意摔的，那会儿我那只木手痛了一下。

徐菁菁这才想起，杨栋有一只手麻木，有一年了，医生说，它什么时候知道痛了，就是要好了。

通往天堂的路

舞厅的灯光暗下来时，他们的身体贴在一起了。他说，我太爱你了，想你了。她伏在他温暖的肩头，也喃喃地说，我也是，我也想你了。他说，想你想的不行时，心就像冲出了体外，一点也不归自己了。她说，可不是，人就像腾空而起，找不准方向。他说，我们的命怎么这么苦，找了大半生才找到。她也说，我本想打烊，你出现了，我以为这一生废掉了呢。

说这话时她的眼神迷离，出现了点点泪珠。他看到了，用手轻轻将它们拭去。他说，不要这样，我会心疼的，我们见面了，不是很好吗？虽然相隔千山万水，可是毕竟见面了。她说，我知道，可是太苦了点，思念煎熬人，感觉你挥之不去，却哪都没有你。

说着她又哭了，他抱紧了她，她的眼泪就越发流得欢实，都是从心而生。

他说，我知道苦了你，可是总比这一生遇不上好，多少人寻觅一生，却什么也没找到，他们也和我们一样苦盼，但最终空手而归。她说，我很感谢上苍，我是他的宠儿，他把你送给了我，让我的生命别样，让我有了另一半，圆融了自己。

他看着她的脸，忽然柔情似水。他太疼她了，就想让她在自己的怀里化掉。

他说，我常常觉得我们的相爱是幻象，常常在梦中猛然惊醒，得起身查看我们的聊天记录，才相信这是真的。她说，我何尝不是，想你，又见不到你；爱你，又触不着你，感觉寂寥又孤怕，就像掉在了冰窖里，欲死不能。

他听了她的话，爱惜地抚摸她柔软的长发，觉得世上有这样一个女人爱自己，真是死都知足了。他说，我上班的时候总走神，不知自己在做什么，有时和同事说话，得极力拉住自己的思路，不然都不知他们在说什么。她说，我比你还顽固，我干脆就不愿上班，就想和你独处，就想在家守着电脑，看着你的QQ头像，它亮着，就是你在我身旁；它不亮，我的魂就随你而去。

他信服的点着头，他知道她对他是真爱。他们都在寻找真爱。就问她，你来，你那位知道吗？你真的确定要走出这一步吗？她没有回避他，她知道他这是为她好。就回答，我确定，我已经告诉他，我有可爱的人了。

舞曲停了，灯亮了，他们只有结束谈话回到自己的休息座。

他坐在她身边，把她的一只手拉在怀里，细细地抚摸着，心里的甜蜜，像酒香，飘扬四溢。他说，这就好了，不用再熬着了，再想我时，就来这里，虽相隔一千公里，但是这和思念比，还是思念太沉重。她把身体向他挪了挪，甜甜地说，知道我最爱叫你什么吗？她羞赧的表情，让他把耳朵凑近了她的嘴边，她就说了声，哥哥。他听了，心都醉了。

舞曲又开始了，是悠扬的轻音乐，这回他们没有跳舞，在暗淡的彩灯下，他一次又一次吻着她。他说，想我吗？能给我吗？我想要了。她不回答，却像鸡啄米一样点着头。她的眼里闪着晶莹的光，是泪光。他说，那好，我们现在就走。

可是他们走不了了。

一场大火正悄悄地燃着了舞厅，已经有人嗅到焦糊味了；还有人看见从楼梯口串上来的蓝烟。他也看到了，他对她说，是不是着火了？她沿着他的目光望过去，她说好像有人向外跑了。她停住了舞步，手却抓紧了他的臂膀，她很害怕，她想拉着他向门口移动。

他没让她动，他抱住了她，他说，不能盲目行动，人开始乱了，会踩死人的。

舞厅在五楼，没有电梯。她觉察到这一点时有点慌了。她紧紧地偎着他，说，我们就这么倒霉吗？难道刚开始就结束？他说，不会的，让他们先走，总得有人先逃生。她听了他的，共同看骚动的人群奔向出口。

烟越来越大了，他们感到喉咙的不适。忽然她发现下楼的人又折了回来。有的人回来后直奔窗口，毫不犹豫地跳了下去。她跟过去看，刚探出头，就惊恐地把头缩了回来，深深地埋在他怀里不动了。

他知道她看到了什么，就把她更紧地搂在他的怀中，唯恐谁碰着她。他摸着她的头，拍着她的背，他强迫自己镇定，也好传递给她镇定。他说，别怕，宝贝，什么都不会发生，什么都不要想，就想我们在一起，就想我们永远不分开。她在他的安抚下，像找到母亲的孩子，果然平静多了。

大火燃穿了楼房，屋里的很多人都呛晕了过去，他们俩也晕了过去。一百五十人无一生还……

第二天，法医验检尸体，发现这些人几乎都有烧伤，只有他俩完好无损，因为他俩紧紧相拥着躲在一只水箱旁，他们身后有一扇窗子，窗外是从五楼一直延伸到地面的流水管道，如果从这里逃生极有可能生还。但他们马上否定了这种看法，他们认为这不可能，因为一个人这样做能成功，两个人则不能；男人能，女人不能。

恰在此时，他们俩身上的手机像约好了似的同时乍响，在场的人都吓得一哆嗦。《两只蝴蝶》一前一后，交响成一团，仿佛里面夹杂着他俩欢快的舞步。

匪　歌

　　孟类儿被俘，不怪别人，就怪他爸孟买饭。孟买饭是大地主，拥有四十亩良田，二十间房屋，可是他特别抠门儿，土匪三胡子向他要十石粮食，他不但不给，还让炮手轰掉三胡子一只耳朵和四五个兄弟，仇就这样结下了。

　　三胡子有个女儿，叫胡铃铛，和孟类儿同岁，却比孟类儿能做事。胡铃铛这天正在家里练飞镖，看到父亲败北而归，还生生没了一只耳朵，不由怒火中烧，备好战马去了孟庄。

　　胡铃铛勇猛出名，也足智多谋，战马把她带到孟庄的村头，她的鬼主意就来了。她在一座破庙里简单地化了妆，出来时就变成了一个卖针头线脑的中年妇女。中年妇女挎着篮子，上面盖着一片葵花叶子，叶子下是她的盒子枪。叶子上是女孩子绣花的五彩丝线。

　　眼下正是天将黑未黑的时候，胡铃铛从村西吆喝到村东，不见买线的，却见村口回来一辆马车，胡铃铛迎了上去，对着车上坐着的一个女孩说，买丝线吗？绝好的丝线。女孩欲要搭话，赶车的老板不让，一甩鞭子马窜了出去。

　　车子经过胡铃铛时，车上的女孩撅起嘴，手做成喇叭，对胡铃铛说，明天中午，学校。之后还向胡铃铛挥了一下手。胡铃铛看到，她月白色的袖口里，伸出画笔一样纤细的胳膊。

　　有了孟类儿的相约许诺，胡铃铛心花怒放。

　　学校就在离孟庄不远的王八镇，胡铃铛为自己打一把破得不能再破的油纸伞，头上围着一个看不出什么颜色的脏毛巾，又把昨天的乞丐服穿上，躲在学校旁的老榆树下乘凉。

　　中午的时候，一群叽叽喳喳的女孩子来到胡铃铛跟前，她们品评着各色丝线，还有发夹和小镜子，孟类儿就在这群女孩中。孟类儿太喜欢绣花了，她的衣服上，袖口上，鞋子上，到处是她亲手绣的各种各样的花，她绣的花动感强，色彩搭配协调，一朵朵像比赛一样竞相开放。

有那么一刻胡铃铛都痴迷了，她甚至不想对孟类儿下手了，但一想到父亲失去的一只耳朵，还是新仇旧恨都上来了。旧恨就是胡铃铛早就羡慕孟类儿了，她们同岁，孟类儿能上学，她却不能上，孟类儿有心思绣花，她却没心思，她的心思都投到了和父亲南征北战了。

刚才她坐在树下，听学堂里传出来的朗读声，她不知朗读的是什么，却觉得十分的好听，十分的诱人耳目，只是她一句也不会，一句也听不懂。这会儿孟类儿就在她的眼前，她就问孟类儿你们刚才背诵的是什么课文。

孟类儿手里拿着丝线，爱不释手，漫不经心地回答，《增广贤文》。胡铃铛说，你能为我背一段吗，你若背一段，这些丝线我不要钱。孟类儿不情愿，说，你就那么愿意听？胡铃铛说，我不但愿意听，我卖了这些丝线，也要上学堂。

此刻上课的铃声响了，其他的女孩子一哄而散，只有孟类儿站在胡铃铛跟前没走，她还是对买哪种颜色的丝线举棋不定。胡铃铛指导她说，你每个颜色都要买一些，绣马蹄花时用这个灰加白色，绣玫瑰花时，用这个深粉色，黑色你也应该要一点，绣燕子时离不开黑色。

孟类儿听了胡铃铛的，付了钱，她又对胡铃铛说，你只卖线不卖花样儿，如果有花样儿你的丝线会卖得更好。胡铃铛马上说，我有花样儿啊，很好看的花样儿，在村口的担子上呢。你等会儿，我去取。胡铃铛站起身佯装要走，孟类儿叫住她，问，远吗？我和你一起去。

孟类儿被胡铃铛用马驮着来到大帐，已是掌灯十分，哨位告诉她，她妈找她都找疯了，胡铃铛没管这些，径直把孟类儿带到自己的闺房。她甚至还在反绑着双手的孟类儿脸上亲了一口，胡铃铛此时高兴极了。

孟类儿虎落平阳哪还有这份心思，她边哭，边哀求胡铃铛放了她，胡铃铛说，我费这么大劲把你弄来，那有放你之理。放你也成，你把你这些年学的课文都背给我听，就放了你。孟类儿一听更是哭声不止，她说，我知道你是胡铃铛了，只怪我瞎了眼没看清你。胡铃铛乐了，说，这就好。孟类儿说，和我爸有仇你找我爸，找我干什么？胡铃铛说，找你爸只能要他命，找你你能为我背课文。孟类儿说，你都做了土匪，背课文有什么用？胡铃铛一听从腰间掏出枪，向着棚顶开了一枪，说，土匪就不学文化了？土匪就只配当土匪了？我要做个有文化的土匪。孟类儿说，可是有了文化就做不成土匪了，有文化的人都善良。胡铃铛对孟类儿的话若有所思。

　　从此，胡铃铛的闺房里，响起了朗朗的诗文声，起初这声音哀怨，还夹杂着哽咽声，渐渐的就像流畅的小河了：知己知彼，将心比心。近水知鱼性，近山知鸟音。易涨易退山溪水，易反易覆小人心……

　　秋天的时候，三胡子的耳朵好了，耳朵成了一个洞，无独有偶，胡铃铛的后墙也有一个洞，探子来报，孟类儿跑了，胡铃铛早就知道似的摆摆手，让他少管闲事。之后手起枪落，探子毙命。

坚强的豆苗

　　QQ 图像的右侧，他的网名下方，总是挂着两个字，豆苗。宁白和他结识后就想，怎么回事，怎么一个大男人挂着个女人的名字，是不想让和他聊天的人知道他是男性，还是另有别的原因。但是宁白没有问，在宁白眼里这是个人隐私，不需自己过问的绝不过问。

　　已是深秋，天越来越冷了，宁白的公司给机会出去看五花山，宁白的工作成绩突出，老板很赏识，老板特别指示宁白可以带一个人，这个人无疑就是他了。

　　对赏五花山他开始时并不热衷，因为他不喜欢山，如果是海他则会当仁不让。他喜欢海，海的颜色让他喜欢得渗透骨髓。但一想能和宁白在一起，他还是欣然前往，宁白是他的心头肉，是他一生的最爱，比豆苗还让他喜欢。

　　这样一说豆苗就有出处了，豆苗是他中学的同学，是他的初恋，那会儿他爱豆苗不亚于他这会儿爱宁白。

　　爱豆苗那会儿他十九岁，和豆苗最终未成眷属原因不在他，说起来也是他永远的痛。是他的母亲百般不同意，嫌豆苗长得太高，比他生生高出半头。实际这也不是豆苗的毛病，是他长得太矮。但母亲不这么看，母亲爱护儿子，这一点谁都不能颠覆。

　　在 QQ 上挂着豆苗其实是他在寻找，这寻找旷日持久，认识宁白之前的五年就开始了。分手后，豆苗就随家人一起消失了，去了哪里谁都说不清，这几乎扯断了他的肠子，也让寻找这个概念根植在他心中。

　　找到豆苗他能做什么呢，他已有了宁白。但是他就是劝不住自己，他还在固执地寻找，他甚至企盼有一天，豆苗也能上网，并一眼能看到他 QQ 里她的名字，自然就会知道那是他。虽然他用了"守备役浩天"的网名，豆苗也还是会认出他，因为豆苗是他俩之间的昵称，也只限于他俩知道。

秋天的山里这会儿林层尽染，真像五种颜色或更多种颜色的水彩画，大自然鬼斧神工，居然大写意似的挥毫泼墨，像荡妇留下万种风情。宁白被自然的杰作弄疯了一般，她本身就是学摄影的，看到如此景致，就像饕餮见了食物，就像鱼儿回归了海洋。

和宁白相处，他有数不尽的好处。虽然他爱的是宁白的人，但是宁白的家境、人品，知识含量，都是别的女孩无法比拟的。宁白的父亲是军分区首长，身份显赫，家底殷实，相比他则一贫如洗，经济窘困。好在宁白不在意这个，宁白说物质的东西都好创造，就是人难创造，造个人，没个二十年不会见成效。

宁白的话让他感动，爱宁白就成了他九死不悔的信念，只是他还是放不下豆苗。

想去拍前边山谷深处的袅袅炊烟是宁白的主意，她举着照相机孩子般陶醉着，本来大部分景致都拍完了，数码相机也没多少空间了，她却执意要去那里看看。眼前的烟，就是远处的云。宁白撅着小嘴说。他就见不得宁白这样，宁白一撒娇，他就只有跟着去了。

炊烟飘起处是两间窄小的民房，他们到近前时炊烟早已四散。宁白看到的是一片宁静和渐行渐远的烟痕。她有点不甘，想让他陪她进到屋里看看。随便进入民宅，对他来说有点儿难，但对女人好办，找口水喝也是借口，进去也不会有大碍，于是他对宁白说，我吸支烟，有事你叫我。

宁白会意，自己进去了。

宁白这一去有十分钟，出来时已是夕阳西下，相机再也没有空隙了，宁白又舍不得删，他们就一路兴奋地满载而归。

事情出现是晚上他们往电脑里输照片，超大的相机里有六百多张照片，他们弄了一小时才给它们安了家。所有的照片都妙趣生辉，独到撩人，看到那一幅幅生动的写真，他甚至有些后悔，不如当时同意宁白带两个相机了。

宁白坐在电脑前就不动了，碗也不洗了，张张反复地看，贪婪地看，好像那照片就是她自己，甚至比自己还让她喜爱。他受了感染，也跟着看。突然那张山谷炊烟的照片引起他的注意，确切地说，是山谷里那两间窄小的民房里发生的一切吸引了他，因为他看到了豆苗。

一个很邋遢的女人，两手皲裂着搭在十分突起的腹前，腰间扎着围巾，但她很像豆苗。

　　他让宁白马上把这张照片退回来，他要仔细看看是不是豆苗。宁白按着他说的做了，和他一起欣赏。宁白有一搭无一搭地问他，你喜欢这张？那让你进去你还不进去。

　　宁白盯着画面，鼠标在豆苗的身上、脸上来回滑动，又说，拍这张是花了钱的，这女人从窗子看到你在外面坐着，就跟我说，如果他不是你的男人，你就让他到我这歇歇脚吧。我一听就知道她是做那种生意的，看着她腹中还怀着孩子，走时我给了她小费。

　　他听后，内心顿时崩裂坍塌。

败　将

　　办公室里，他们相爱了，确切地说，是她爱他，而他不爱她。

　　在找情人的问题上，有经验的男人从不找身旁的女人，也就是说从不找办公室里的女人。一旦找了，麻烦就来了，几乎是一眨眼的工夫，情形全变了，起初可能男人还占上风，但一旦木已成舟就没主动权了，就什么都得听你找的女人的了。

　　女人天生揽权，这源于母爱。只要是她生的，她有权力维护和统治。但是情人不是她生的，按说应该自由，可那也不行，因为虽没有生过他，但也曾在她身体中存留过，女人对就范于自己身体的人，从来不放过。

　　她来他办公室是他请的她，本来她在另一个单位做企划工作，但是那天他找到她，同她说，去我那干吧，我开展一项新业务，急需你这样的人才，我给你最好的待遇，最高的工资，最美的人格。

　　若是一般人说出这话，她不会动心，要知道她也是过滤过无数男人的女人，大多数异性她都不放在眼里，可是眼前这一个不同，是她一抬眼就摄魂的。

　　她考虑答应不答应的当儿，他温暖的大手已经等不及了，牢牢地抓住了她的双臂，她感觉他在用力，感觉自己在他火热的急切中柔软得要化了。

　　男女之情大约都是这一瞬间产生的，无疑她来到他的身边工作了。

　　在一起的日子非常幸福，是她一生都不能忘怀的，他们每天早来晚走，废寝忘食地工作，累了互相鼓励，饿了他请她去高级酒店，席间他还能针对她的情感需要进行心理撩拨，那段时间，她真是在他的调情中醉了。

　　终于她有了不能自已的时候，那天工作中，她注视着他有些走神，他在她眼里忽然变成天下最漂亮最难得的男人，结果她想都没想，走过去吻了他。

　　他对她的做法先是一愣，接着面色大变，他推开她，说，你这是干什么？这哪像单位。这之后一连几天，他的脸均不见笑意，当然也没上高级饭店。

她对他的举动大吃一惊，她没想到他会这样，一个月以来他在她面前扮演的可都是想吃她豆腐的角色，现在倒破茶盘端了起来。为此她心中生出许多羞涩和憎恨，被要与受挫交替着让她后悔，当初也是被他的温情蒙蔽，不然她不会不惜一切。

她是个不肯吃亏的女人，可以说她的人生从没有失败过。她在哪跌倒都是在哪爬起来，哪怕抓到一根稻草，她也会试试自己的能力。偏巧这天他又招募来一位女博士，他一下转移了视线，原来那些调情的手段重又布控在女博士身上。

她明白其中味道，心中不由怒火燃烧。

这天他们迎接检查，上方老总一年才深入基层一次，公司对此十分重视。

他派她去做接待工作，主要是陪同老总介绍他的新项目和新项目实施后的种种好处。她就是在这时心生一计：整垮他。她想毁了他的项目，让他哭着来求她，做这些她不是新手，她有把握能做到。

她果真穿戴别致去见老总了。老总是个近六十岁的老头儿，对她很赏识。她鞍前马后照顾，妙语连珠，不失才华，惹得老总都不听汇报了，眼睛直盯着她，老总一高兴决定晚上在公司宾馆留宿。

这对她是天赐良机，一切按她的思路稳步前行。

晚上老总约她去了，其实不约她也会去，她对这一点把戏简直如数家珍。老总很喜欢她，当即赠她一枚钻石戒指，价格不菲。她撒娇地还给了老总，她说人家是事业型女人，对饰品不感兴趣。老总说，那你对什么感兴趣？见她含羞不语，老总就把她揽在怀里，这当儿她恰到好处地说出，凭我的能力，我完全可以撑起我们的公司。

老总的欲火这时迅速上扬，他说这些都是小事，就同她进入了实质。对她来说只要进入实质，天下就是她的了。那个他憎恨的人，她想让他怎么狼狈他就怎么狼狈。

老总的床上功夫出乎她的意料，六十岁的人依旧雄风不减，只是尾声以后，老总和她并排躺在床上，抚摸她汗水肆意的脸说了句，我还行吧，这辈子这种事都让我做了，我太能了，必有不能的，父太能了，子必然不能。她不明白老总是什么意思。老总就又加了一句，我的儿子，他睾丸受过伤，对这事没多少兴趣了。

老总说完这些话，眼望着屋顶，一脸的惆怅。

而她却无心听老总唠叨家事，她想着她的目的，她付出了代价，不可能不让自己的计划快些实施，于是她又一次和老总撒娇，说，那人家什么时候能上任呢？老总听了她的话愣了一下，但很快恢复了平静。老总是一个从不亏欠女人承诺的人，多年来他总结出经验，欠谁都不能欠女人的，那样太麻烦。这个久经沙场的人，正是在这大彻大悟中，踏女人如履平地。

老总摸起身旁的手机。电话拨通后，老总说，儿子，爸又欠债了，这债还得你来还，从你的公司退出来吧，让给我床上这个女人，能做到吧？老总说到这，没等儿子回答，平静地把手机关了。

惊得翻身坐起的她，这时看到，老总的脸上泪水如洗。

米桥的王国

这是一个闭塞的小村。远处有一座木桥。木桥通向村里也通向村外。站在木桥向里望，能看见几十幢民房，他们俩就是民房里的住户。

他们俩都是男性，村东一个，村西一个。村东的叫米桥，村西的叫路桥。路桥生性憨直，没有米桥灵秀，因此什么都听米桥的。米桥和路桥，就组成了一个自动的王国。

高中毕业后，两个人都回乡务农了，却是一有时间就用来读书。读都是米桥先读完，路桥跟在后面。米桥都看第二本书了，路桥才磕磕绊绊读了一半。米桥着急，另一半就不用路桥读了，就给他讲，讲故事情节，讲鬼怪狐仙，路桥听得如醉如痴。

长此以往，路桥读的兴趣就小了，听的兴趣就大了，而米桥呢，一天不给路桥讲书，就觉得没了兵，就觉得不是地地道道的国王了。

有一天米桥接到一个电话，是他中学的一个同学，在外地工作，回来度假，想到他们小村看看他俩，米桥高兴地答应了。米桥和路桥，夜半就开始盼望，一直到清晨，这个同学也没来。中午时米桥给这个叫光的同学打了个电话，问他为什么还没到，光回答已经到了小桥，觉得那小桥很像一条龙尾，就摄了几段录像。

米桥和路桥一听，忙跑向小桥，把光领到全村唯一的饭庄吃午饭。光是从外面来的，带来的都是外面新鲜的信息。席间提到互联网，人造卫星，手机跟踪，这些都是米桥和路桥不知道的。

路桥木讷，不声不响听得专注，脸上的神往，让米桥看了很不舒服。平日里，只有米桥给他讲书时，路桥才会有这种表情，而现在都成了光的功劳了。

光口若悬河，大有不收复路桥不罢休的架势。米桥受不住了，他想挽救局面。就情不自禁和光理论，光说出一个道理，米桥反驳一个道理；光提出一件新生事物，米桥就表示无所谓。最后弄得光不说了，本来说好是晚上在这里住宿，也忽然改了主意。

送光到村口,光的脸色也没好转过来。光对米桥说,起初是想把你俩带出去,现在看你们得先转变思想,这小山村太框人了,你们自得其乐我不反对,但要努力吸收新生事物。

光走了,再也没和他们联系。米桥的日子又恢复了平静。米桥很快就把光忘了,只有路桥整天忧心忡忡。米桥再给他讲什么,他也不专心了。米桥企图用以往的思想重新吸引路桥,路桥也爱理不理了。路桥的心思让光带走了,去了遥远的地方,远离了昔日和米桥构建的世界。

路桥这天背起行囊去找米桥,他来到米桥的家,对米桥说,我们一起走吧,去寻找光,光有无尽的知识,光有新的前程。米桥当时正在家里劈样子,他家火炉每日都要燃烧样子,这些从树林里运回的杂木,通过米桥的手一节一节的断开,一节一节地劈碎,就像米桥吐给路桥饱满的思想。

米桥极力挽留他。米桥说你别走了,你别瞧不起咱这小山村,它的清纯和古朴不是外界能比的。你不是想要我的那件宝物吗,你如不走,我立马给你。

那件宝物是米桥的爷爷留下的,是个唐朝晚期的青铜马,路桥一直喜欢它,但苦于不能成为己有。现在米桥提出给他,路桥的眼前一亮,他立即放下行囊,和米桥达成协议。协议就是米桥还是他的国王,他还是米桥的臣民;米桥还是他的精神领袖,而他依旧拥护和捍卫米桥的城池。

于是他们继续看书,继续讨论问题,继续过着他们的君主制的日子。

可是有一天意外发生了,路桥家新买了电视,在电视里他看到了十年未见的光,光西装革履,气宇轩昂,光坐在主席台上正组织鉴宝,其中就有一个唐朝晚期的青铜马。光介绍说,这是一匹母马,还有一匹公马流传民间,这匹母马和那匹公马各值120万。

路桥振奋了,这是个改天换地的数字,是个让他不能自己的数字。路桥悄悄拿出自己的那匹公马,明白也许光说的另一匹马就在自己的手中。路桥欣喜若狂,决定夜逃,不给米桥一点反应的机会。

可这在先前是绝对不可能的,先前他没有动力离开米桥,先前米桥就如一颗钉子把他牢牢钉在自己身旁,而现在情形完全变了,现在这匹马帮了他,马是他的加速器,马为他开辟了非走不可的前程。

路桥想到这,没和米桥告别,把他的宝物揣在兜子里,趁黑夜走上了村头的小桥。这时他再回头看村里的景象,却是一片漆黑什么也望不见。因为他没给它留下任何光明。走前他爬上了高高的电线杆,用一把大铁钳给全村断了电。

天地混沌,他再也看不到小村和他的距离了,再也看不到米桥了,他身后的王国消失了。

休 息 地

　　母亲一犯病，木童就遭殃。

　　她得双手牢牢握住母亲的手腕，以免她自残和砸家当。然后回头对不知所措的他说，出去一下。如果他不出去，还愣在那，木童就会瞪起凤眼，厉声道，让你出去就出去，去小乔家。

　　作为丈夫，木童的话他不能不听。母亲发病大抵深夜，不去小乔那里，他就得去旅馆，除此他没地方可去。而妻子是决不允许他参与母亲发病的全过程。

　　这可能来源于特殊的情感，妻子木童是母亲早年的学生。

　　母亲有两个得意门生，一个是木童，另一个就是小乔。

　　小乔家住在前楼，小乔是他的妹妹，是有一年母亲上山砍柴捡来的妹妹。

　　从内心说，他不愿意去小乔家，母亲发起疯来极有可能弄死人，木童一个人极难招架，可是他得听木童的。不，应该说他放不下小乔。小乔今天一个人去医院了，医生说她怀孕了，小乔把这个消息告诉他，他吃了一惊，心情跟着就跌入了深谷。

　　和小乔有感情不是现在的事，是没娶木童之前，有那么一次母亲去教课，他从大学里回来。小乔正在家洗澡，那一次他们偷吃了禁果，那一次他决定娶小乔。可是母亲好像发现了什么，趁着他放暑假，就把他和木童的事定了。母亲是怎么想的，他不知道，但是不能违抗母亲已经是从小就决定的了。

　　小乔家的灯亮着，显然她还没有睡。母亲的喊叫声远了，进了小乔的楼道，家也离他远了。小乔正在卫生间里呕吐，有了妊娠反应，就是由于吐，才想起去医院检查。

　　看到小乔这样他很心疼，抱着小乔时，他的心里很乱。他说，母亲又犯病了。小乔说，母亲可能让你来看看我。他不知说什么好。这个孩子是他俩上个月的事。说好了要节制，却终归没有节制得了。现在说什么都晚了。

　　小乔见他不语，说，你别发愁呵，我自己养，你和木童该怎么过就怎么过。

　　说起木童他觉得对不住她，她每次都自己照顾发病的母亲，这不是常人能做到的，也不是儿媳妇能做到的。可是木童做到了。想起这他对小乔说，我爱你，也感动于木童，我们已经侵犯了她，就让她过好下半生吧。

　　他们达成了共识。由他每月出钱养小乔和孩子。小乔也决定一生不嫁。

　　这是个共商大事的夜晚，这个夜晚实际对谁都不平静。他不知道，他进到小乔屋子里时，在他家窗帘的后面，木童的一双眼睛，也跟着他来了，他商量事时，木童的心也跟着参与了。

　　母亲的病很怪，好像出在男女问题上，因为她发病时总要脱掉自己的裤子，赤身裸体才免去手舞足蹈。只有这样她就平息了，就仿佛走进自己的世界了。由此木童死活不让她的儿子看到这个场面。

　　夜晚过去，黎明总要到来。黎明一来天就亮了。他和小乔依旧上班，木童依旧侍奉母亲，她为能尽力对母亲好，把工作辞了，成了专职护理员。

　　好在经济不成问题，他有研究项目，国家给划拨经费，只要他稍做努力，就能维持两份家业。只是他有点累，不是别的，是心累。面对小乔时，他觉得对不住小乔，面对木童时，他觉得对不住木童。

　　偏偏母亲又离不开木童，现在发展到吃饭都得她喂，否则就不吃。木童这天去给母亲买尿不湿，回来兴冲冲地告诉他，她碰见小乔了，小乔怀孕了，已经显怀了。他装糊涂，说，她又没结婚，怎么会怀孕？木童说，你不懂，现在的女人谁还没个情人。他一听，愣了一下。反问，那你也有情人？木童也愣了一下。之后大咧咧地说，我的情人就是你呵，有你我还找什么？说着就去厨房给母亲弄饭去了。

　　看着木童的身影，他的心里一阵毛躁，似万箭穿心。不经意间，看到木童从超市拎回的包里，露出花花绿绿的东西，细看是一双月科小孩儿穿的小袜，还有一套小衣服。这让他心里一阵柔软，忙跟进厨房，从后面环住木童，伏在她耳畔说，怀孕怎么不说一声？木童扭头亲了他一下，说，到时你就知道了。

　　八月的时候小乔生了，生了个小子。妻子木童却没生，原来她没怀孕。可小孩子的衣服她却准备了一大包，大大小小的都有。有一天他谎称值夜班，去了小乔那里，意外地看见木童准备的那些小孩用品，五颜六色地都摆在儿子身边。

　　没等他问，小乔就喜滋滋地对他说，你看木童呵，想得多周到，这些穿戴呀，一下子给孩子置办到五岁。

　　他愣了，转身出去了。站在楼道里，哪也没去，哭了整整一个晚上。

顺　序

我十八岁那年，在饭店做收款员，是个令我同事羡慕的行当。

收款在前堂，就是在大厅隔出一块做小卖店的地方，放张桌子做收款台，对面是窗口，窗口外是顾客，窗口内是我，像碉堡上的机枪口，我每天对着外面突突突地扫射，如果我赢了，大把的钱就进了钱箱子，如果顾客赢了，他们就吃得酒足饭饱，走时还对我挥挥手，把几张零角票子扔在收款台上，作为我买冰棒的赏赐。

别小瞧这巴掌大的地方，它是一个饭店的中心枢纽，上百人吃饭都要通过我的手，给他们发放通行证，他们把通行证交给服务员，后厨才能知道他们要吃什么，上灶师傅也才能按着他们的要求，做出可口的饭菜。

我地位的可观还不只这些，早餐后客人们散去，到中午大批客人上来之前，有一两个小时闲暇的时间，前堂的服务员和后屋的大厨，都要聚会在小卖店闲聊，他们说说笑笑，有时也问我早上卖了多少钱，昨天卖了多少钱，还会问我有没有男朋友，总之大家对我，尊重有余，众星捧月。

大家都喜欢我，我也就越来越和大家谈得来，有时一边收款一边和他们搭话，大家就干脆围我左右，看我的一双小手如何像刮旋风一样，把顾客的钱拿到手，又甩出去一些找零的钱。同事们都说我是把手，面对多少人都不惧，面对多少账目都不惶，把我美的，就像手里攥着一枚热鸡蛋，就差蹦出小鸡来了。

王哥特别愿意坐在我身旁，我收款他看着，但是任他怎么看，我都没出过毛病，王哥就满意得直点头，自语道，小丫头，不服不行。王哥说完这话就走了，前堂来客人了，王哥是灶房掌勺的，有客人来，他就再也不能优哉游哉了。

王哥走后，会有一个人狠狠地瞪我，她站在前堂"走"菜的柜台前，一边洗手一边说，唠啊，咋不唠了，黏黏糊糊的，不是个好饼。有时我是能听到这些的，但是我也装着听不见，因为我心里没鬼，用不着和她一般见识。

这个人有个外号，叫"洗牌"，意即是跟过许多男人，像打牌一样被许多人抓到手过。王哥当然也是抓牌之人，但是王哥从不主动，王哥躲在我这里和我独坐，多半是躲着她的纠缠。

这天王哥来我这里刚坐下，就不得不站起身马上离开，是"洗牌"在大厅里摔了盘子，一大摞细瓷盘被她推到在地上，哗啦啦全碎了，王哥看到这，跳起身奔向灶房，再也没出来过。

王哥不来，我本以为日子会好过起来，"洗牌"再也不会用眼睛剜我了，好像我是大地里的婆婆丁，不除掉我她就难受。可是没想到，第二天我就出事了。

这事说大也大，说小也小，说要命也要命。我把收款用的钱袋子丢了。早晨来单位，我去后屋办公室的金柜里取钱袋，刚一开柜，发现柜锁是开着的，再一看是被撬开了，我简直吓死了，像打了麻药一样，全身"酥"的一下，没有好声地喊，来人啊！快来人啊！

好几个同事听到我的喊声，围了上来，帮我从木柜里拉出钱袋子，看钱丢没丢，都埋怨，这要是个铁柜就好了。

我面如土色，摊在地上起不来，袋子里有五千多元呢，还有一些票据，加一起足有六千，可现在袋子已经空了，只听见里面有零星的响声，那是少量的硬币，我不看也知道。

公安局很快来人了，四五个警察一边检查现场一边听我叙述案情，我边说边哭，最后把手都哭凉了。王哥和许多好心人都为我作证，说我是好孩子，不会看钱眼开，一定是被盗贼窃取了。警察也没为难我，他们看我太小，而是让我再好好想一想，一天中都有谁到过我的收款台。

到我收款台来的人平时很多，但是那天真就没有人，那天有几桌大席，全店上上下下都在忙大席，只是快下晚班时，王哥来了我这里，但刚坐下，"洗牌"就摔了盘子，王哥就逃也似地奔向后屋，王哥是怕我受连累，不得不让自己像惊弓之鸟。

但是面对警察的质问，我没有说出这些，我若说出王哥，就会扯出许多人，这些人在我眼里都是好人，平时呵护我，照顾我，喜欢我，一个小孩子，怎好随便嚼舌头。我只对警察说，小卖店人来人往，每天送酒的，送酱油醋的，很多，有时来买大份馒头的都是到屋里来，来的人数也数不清。

警察信了我的话，他们可能也问了别人，答案都差不多。

　　但是这件事到底没有告破，不过警察给大家交了实底，说，一定是内部人干的。会是谁呢？我一直在想这个问题，也一直没想明白。直到第二年春天，我离开饭店，去别处工作，在收拾抽屉时，看到一个绿色的夹子，这个夹子是我平时夹钱用的，忽然一个细节出现了，我恍惚记起，那天王哥到我这来，是王哥先起身，走时匆忙，碰掉了我桌上的夹子，我去拾夹子，才听到洗牌摔盘子的声音，而那会我忙着拢账数钱，把顺序给弄混了。

　　我被这想法吓了我一跳，顿时全身出汗，好在饭店已经解散。

不朽的情人

她是个灵魂敏感纤细的人，却也处了个情人。像她这样的人是不适合有外遇的，但是世上的事没有什么能说得清。她和丈夫过平常日子可以，可一遇到她有灵魂的渴求他就十分的难以招架。

而她的情人是个双料情人，是个体贴女人又会料理家务的男人，情感也十分丰富。她的思想流到哪里，他就在哪里接应，她的言行刚刚形成，他就已经有了答案。他在事业上的成功也令她刮目相看。这些优点她都爱不释手，她都用她滚烫的心把它们一一收藏。

她们一处就是好几年，隐秘而长久。她乐此不疲，他们相亲相爱。

她和情人产生分歧也是有点说不清道不明的，全凭感应。以前他每天两个电话，用的是同一个固定电话。有一天他忽然不用原来的电话了，而是换了一个。这小小的细节，如果换了别人也就过去了，可她极敏感细微，细到一株小草，细到一颗籽粒。知道刚刚出生的小老鼠吧，红红嫩嫩的没毛，一点风寒它们都知道，那就是她，那就是她那颗敏感易碎的心。

果真从那以后，她就察觉出其中的原因。是他们公司来了一位漂亮的小姐，小姐是搞公关的，本来和他也没有什么关系，但是只要她在办公室里坐着，他就不像以前那么自如地给她打电话了。

他的坦白让她很平静，她立马从情人的角度跳了出来，成为了一位慈祥的母亲。母亲是爱孩子的，来不得半点欺骗之意，她摸了下他的耳垂，很诚恳地告诉他，去爱吧，这就是开始。

从此她深居简出不再在他面前露面，从此她谢绝一切与他的往来，成为一个孤独的人。爱从此远离他而去，并且不再回头。

小姐的攻势就是从她离开他那一刻开始的，她看到他不厌其烦地给一个人打电话又打不通，小姐就说，不必那么痴情吧，有时分手是必然的。小姐痴迷迷的色相，让他隐隐地心动。他们去旅游，坐船的时候他走神险些掉在水里，小姐就凑上来，说，来，妹妹我陪你坐船头。他们去长白山大峡谷，小姐站在九曲桥上给他拍照，说，别回头，回头没有女人爱。那天小姐陪了他一整天，晚上他们像两只交尾蛇滚在了一起，和小姐睡在一张床上时，他想起相处了五年的她，不由得佩服她那准确的预感，怎么事没出来，结局已被她说穿了。

小姐干什么都很专业，没用半个月就开始瓦解他的家。方法是半夜往他家打电话，电话铃响，接起来又没人说话，当然这是他老婆接，如果是他接，里面就有了内容。这样几个轮回下来，他老婆就开始明白了。

世上最经典的女人都让他遇上了，他的老婆也是个别致的女人。

终于有一天，老婆把什么都搞清了，就离家出走了。她没像其他女人一样，知道丈夫有外遇，和丈夫闹个无休止。她没闹，没闹的结果比闹还严重。

老婆悄然离去的第三天他才真正慌了神，外面是瓢泼的大雨，他几近崩溃，他知道老婆的性格，倔强而呆板。从内心说，他不太喜欢他的老婆，但也不想让事情发展成今天这样。

深夜，他实在熬不住了，就打一个电话，这电话既不是打给公关小姐——他早对她绝望，也不是打给有关亲属。他在这势单力薄的时候想起了她，那个像巫婆一样预测自己要恋爱的人。

这一次她没有像往常那样不接电话，她接了，而且一直听他把话说完。他大为感动，他想起这些年她待他的种种好处，她一直承担着母亲、妻子和女儿的三重角色。

她对他没有任何戒心，没有任何索求，连起码的那一步也没对他首先要求过。她的底线就是我们做不了情人，我们也还是最好的朋友。她说前者是我的最高理想，后者是我的最低希望，怎么着都行。

大雨间歇的一瞬间，他不知所措地问她，我该怎么办？他已经没有了主意，她的话在这时就是圣灵的启示，只要是她说出的，不管多么难他都会义无反顾。

他等着她的回答，就像等待黑暗中射出的子弹。半晌他听到她说，找回你的妻子，重新和她过日子，远离那些花哨，回归从前的自己。

他没想到她会说出这些，等他想进一步把事情的艰难说清楚时，那一头的电话早已绝然地挂断了。

　　他没有找到他的妻子，不是没尽心找，是真的挖空心思而没有找到。就在他失魂落魄时，他的妻子出乎意料的自己回来了，回来后的她没有了先前的言语，轻易不说话，像得了失语症。他明白她是要养一段时间"伤"的，只要人能回来，他就心满意足了。

　　这一天他下班早了点，隔着防盗门他听到了她的笑声，他立即开门进屋想看个究竟，看看妻子到底和谁说话。奇怪的是妻子见她进来马上不说了，又一次恢复了以往的沉静。但是他还是看出了蛛丝马迹，从那抖动的电话绳上，他判断出她在打电话。等妻子去卫生间时，他急忙奔过去查了一下来电显示，这一看他吃惊不小，原来和妻子欢声笑语的那个人，不是别人，正是那个待他千好万好的情人。

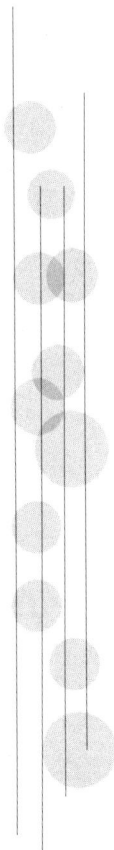

两根电线杆

沿着江边往上游走，一直走到大顶子山，水面浩然辽阔，没有尸体。

马栋说，我们回去吧，看来他没在这。荆渺不干，他已经筋疲力尽。荆渺说，不行，一定找到金训华，不然我一生不得安宁。

马栋说，可这也不怨你呀，要怨就怨当地老百姓，是他们让他抢救电线杆，那电线杆就是让水冲走了，能值多少钱呀，能比人的命值钱吗？

荆渺不说话，沙滩上的碎石硌痛了他的脚，他把鞋脱下来，往一块大石头上磕。边磕边说，电线杆也是命，老百姓的命。马栋听他这么一说，愣了，捡起一个石子狠命往远处的水面抛去。

马栋预感荆渺完了，荆渺的魂肯定和金训华一起死了。当初他和荆渺一起来双河，在火车上，马栋就觉得荆渺的眼睛围着金训华转，那会儿的荆渺，心理承受能力弱到了极点，再加一个草棍他都能崩溃。

而金训华，才比他大一岁，却是乐观积极，一会儿帮乘务员拖地，一会儿帮伙伴们倒水，一会儿给大家讲解旅行常识。从上海跨越六千里，到黑龙江北垂，漫长而寂寞，这中间的跨度，让金训华的快乐，减少了一半。

黑龙江的双河，是个破陋的村庄，房屋低矮，泥土草墙，四野空旷苍茫。在上海长大的荆渺，看到这凋败的景象，一下车，就蹲在地上哭了。

这哭是绝望，谁都知道。但金训华没有挑破这些，他是领队的，他的队伍不能溃败，他像父亲一样，把荆渺从地上拉起来，让他扒在自己的肩头，足足有十分钟，他轻轻地拍着荆渺的背部，安抚着他受惊的灵魂，他们谁都没有提前结束这拥抱。

后来荆渺告诉马栋，他那一刻崩溃了，觉得他的魂飘出了体外，恐怖地在他的头顶旋呀旋，不肯离去。是金训华，像将一根丝线一样，把它一点点的又送回了他的体内。

一个月以后，荆渺和马栋在食堂里做饭时，荆渺对马栋说了这样的话，荆渺的眼神里，有把自己的生命，交付给金训华的愿望。

交付给金训华不是没有机会，金训华已安排荆渺去食堂做饭。

食堂里最累的活是挑水。每天洗菜做饭要用两大缸水。都要到村中央的井里去担，全村就一口井，知青点又在村西。荆渺单薄的体格去做这样的事，是很费劲的。他正愁苦难当，金训华来了，他是帮荆渺担水来的，金训华把荆渺最棘手的事做了。

为了感谢金训华，荆渺在吃饭上照顾金训华，土豆白菜汤，他会给金训华多盛些干的。馒头他会给金训华捡大的，锅贴他会给金训华选没糊的。金训华对这些是体会在心的，他也没有指出荆渺不该这样做，只是吃饭的时候，他会把多出的这部分，拨给那些没吃饱的战友，这样一来，金训华吃的份饭，就比原来正常的还少了。

荆渺和马栋都把这看在眼里，荆渺说，我做了蠢事了。马栋说，是金训华太蠢了，他这么做分明是有利可图，为自己的名利地位。荆渺说，他不这么做行吗？他不这么做，我那天就疯了，他不这么做，全青年点的人都会自私自利。

从此以后，荆渺再也不给金训华多盛饭了，他看到金训华也不再给别人拨饭了。

这年夏天水大极了，水没来之前就满天的蝴蝶和蜻蜓。

金训华说，山洪要来了，准备抢险吧。

这天金训华感冒并拉肚子，山洪可没管金训华感没感冒，拉没拉肚子，它说来就来了。它以迅雷不及掩耳之势，向知青们挑战了。金训华带领大家拦洪修坝。三天人就瘦得不成样子。荆渺把一枚煮熟的鸡蛋给了金训华，他说，你吃了吧，这是王大妈给我的。今天我生日。

荆渺特意把鸡蛋的来历说清，他怕不说清金训华不吃。而金训华也果然没吃，他把它给了张嫂的孩子。

这时有人来报，大水把堆在河沿上的150根电线杆泡上了，已经有两根被冲走了。听到这话，金训华第一反应就是，保护电线杆。

金训华跳入了洪水，荆渺也跳了下去。但是水流太快了，以每秒七八米的流速过滤着河滩，他俩在水里拼挣着，旋涡一次次扑过来……

马栋说，你说金训华傻不傻，是命重要还是电线杆重要？马栋望着已经驯服的江水问荆渺。荆渺愣愣地梗着脖子不回答，找不到金训华让他怒气冲冲。可是只一会儿，荆渺的大嘴巴就很冲地喷出一句话：命也不重要，电杆也不重要，老百姓重要，革命利益重要。

马栋凝重起来，他蹲在地上，望着江水，自言自语道：这革命利益到底是啥呢？让金训华没了性命。十年以后，荆渺用实际行动回答了这个问题，他留在了白山黑水，为金训华默默守墓一辈子，这时的马栋他们，已然回到了繁华的大都市。

你到底爱不爱我

他们是高研班同学，再有 20 天就要毕业了，可是他们的恋情还没有结果，主要是她总想考验他，把自己交给一个人不是草率的事，必须看出点真谛才能彻底舍出芳心。

这天他们去草原采风，全班三十几个人一路高歌，向着"风吹草低见牛羊"的地方挺进。他和她都在队伍里，由于她不准备公开关系，他俩就不能走在一起，他们若即若离，眼光却不离左右，他有时帮她拎包，她也让他拎，他拎起来就匆匆同别人一起前行，她则落在队伍后面和其他同学说说笑笑。

著名的天池有三个，天山天池，长白山天池和阿尔山天池，登阿尔山天池是这次旅行的一个景点，其时大家跃跃欲试。但是从山脚上去要四百多级台阶，之前曾有人来过这里，在天池旁留过许多影，就同大家说，这是最差的一个天池，不及长白山的让人流连忘返，说白了就是个水泡子。

他从小在水边长大，对水本来就不感兴趣，此时一听要登四百多级台阶去看水泡子，就转身下来了。他下来时正逢她上去，她就一个人，她因在车上换衣服而落在了队伍后面，他看她走上来，就对她说，别上去了，没什么意思，都说是个水泡子。她听了则摇摇头，她说，不，我要上去，你也要上去，来一回不上去，就等于什么也没带回去。

她说着继续往前走，她以为他会跟上来，当她发觉他没有跟上来而是下去了时，她深深地吃了一惊。她的身体很弱，正怀着他的孩子，登四百级台阶对她是个考验，他就是怕她吃不消才让她别上去，但他就是没有跟她上去，他应该跟她上去并一路照顾她。

他一个人下山了。

她一个人上山了。

她到达山顶时大家正准备下来，她手忙脚乱地把天池留在她的相机里。她是最后一个和天池合影的人。她的内心百感交集，一阵阵激动，她感慨地对天池说，你太不容易了，到底把自己举在了最高处。

　　从天池下来坐了一小时的车，然后他们要登玫瑰峰，这一个小时她想了很多，她首先想他不应该不陪她上去，不为自己也要为他的孩子。她其次想他是个什么样的人，高山确实让人望而却步，但爱护自己却是他唯一准则。

　　玫瑰峰到了，玫瑰峰以挺拔著称，如同一把利剑直插天空，如果说登天池很难，那登玫瑰峰就难上加难，因为它陡峭崎岖，蜿蜒险峻，怪石嶙峋。它的伟岸之处，就在于它在平常中毕现峥嵘。

　　天池他都没上，玫瑰峰他更不想上了。她不明白他此行是来干什么的？

　　没有了他，登山时少了不少乐趣，她的心明显地同他一起留在了山下。登到半山腰时，她的腿开始发抖，她想打电话让他上来，但回头往山下望时，看见的是蚂蚁般的人群，分辨不出哪一个是他，她立刻打消了这个念头。

　　玫瑰峰是塑造她生命内核的一次冲击。她到山顶时，饱览众山小，心情的怡然与骄傲，让她重新规范自己的开始。上帝在造人时，不小心把女人的另一半给了男人，她想把她找回来以便还原。她以为那会是他，现在看不是。

　　一天中的最后一个景点是成吉思汗庙，高大的庙宇给了她无尽的想象。就在她登上第一个台阶时，问题出现了，她的小腹一阵剧烈地疼痛，其实登玫瑰峰时就已经疼痛，只是她坚持着不去理会。

　　而现在不理会不行了，她再也迈不动步了，并且一汪水已经从她的下体江河俱下。她做过母亲，知道这是怎么回事，就把自己的外衣脱下来，扎在了腰间，挡住了她的秘密，之后没事一样，潇洒而从容地回到旅游车上。

　　同学们游完成吉思汗庙，带着当年戎马倥偬的意境再上车时，发现她换了座位，坐在了一个靠窗的位置。这不是她的位置，是同学小肖的。小肖看到她坐在了自己的座位上，当然就去坐她的座位。

　　这样她很容易坐在了他的身旁。他回来时看到她坐在了自己的座旁，吃了一惊，但马上对她笑了笑，她也笑了笑，之后她看到了一个奇景，他脖子上的黑丝线变成了红丝线，她立即明白了，那是他原来的那个"兔"的饰物，换成了其他饰物，那一定是他在成吉思汗庙买到了一个令他更称心的。

　　再看他的手腕，也戴着一串褐色的天珠，一排人造天珠鬼模鬼样地闪着贼光，她的心里顿感失落，她伏在他的耳边说，没少买呀。他不知道她不高兴了，他美滋滋地欣赏着自己的手镯。从他表情上看，她明白他只给自己买了，没有带她的份儿。她断定这决不是他的疏忽，而是本性。

　　车子开动了，她坐在他的身旁，没再对他说任何话，她只对着自己的体内，像祷告一样默念：孩子，最后一次见见你的父亲，到别处投胎去吧。

　　然后他真真切切看到，她苍白的面颊上，挂出两行清泪，再然后他听到她给她丈夫打了个电话，让他速速开车来接她，一刻都不能耽误。

七 喜

　　我的妈妈七喜，每天做大豆腐，她要凌晨三点钟起床，把泡好的黄豆搅碎了，放在锅里熬了，然后再放在模子里凝固，六点钟时，她就会推着车子，串街走巷了，吆喝，大豆腐了唻，又白又嫩的大豆腐！

　　七喜做我的妈妈，已经两年了，她来自乡村，一个叫土方的窑洞。她来之后，我就再也不能沉浸游戏厅了。七喜说话口音有点垮，听上去怪怪的，得半天才能闷乎明白，比如七喜说，小伙子，十八岁咧，打游戏，打不出个翘鸡鸡。我没听懂七喜的话，不知她啥意思。但是紧接着她给我补裤子，我看懂了，差点没把我笑抽了。

　　我的牛仔裤上，有不少洞洞，都是时尚洞，屁股上一个，大腿上两个，膝盖上一个，都是我用剪刀一个个挖的。七喜看到这洞，心疼得了不得，七喜说，没妈的孩子真难过哟，看把这裤子破的。

　　这天早晨，她饭都没吃，一心给我补裤子。

　　我赖在被窝里不起床，任七喜补，也不告诉她那是时尚的标志，反正她补完，我再拆下去，她不怕麻烦，我随意。九点钟时，七喜终于补完了，她咬断最后一根线，我以为她会走出我的屋子，我好起床，她在我没法起，十八岁也是男人嘛。

　　可是我没想到，七喜竟掀我的被窝，她一边掀一边说，裤头不会有洞洞吧，要不要补一补。妈呀，她这是做什么呀，我惊得叫了出来。不想这简单的两个字，竟引得七喜流下了眼泪，她说，你叫我妈了？我没白给你补裤子？没白给你做包包吃？

　　这下我不能不起床了，我不起床，我不知她还会出我什么丑。可是我起来了，也没挡住七喜对我的进一步审视，七喜盯着我的前裆，忽然惊喜地说，哎呀呀，翘鸡鸡哟，生男孩呀，快娶婆娘吧。这下我被她弄得满脸通红，哭笑不得。

七喜没把我当外人，当成自己的孩子无疑，可是她也太，太，太大言不惭了，竟然对我的私处品头论足。我涨红着脸，向她吼，哪有钱娶媳妇呀，娶个媳妇要十万块。

七喜听了我的话，她发起了呆，我把她一个人扔在屋里，迅速窜进洗手间，低头看看自己，可不，是挺翘的，尿撅得它鸡犬不宁呢。

这以后，七喜开始大包小包往家倒动东西了，先是大锅，特大号的，然后是吹风机，也是特大号，后又是煤球，她快把我家楼下的小土屋给塞满了。我由着她，反正老爸在外做买卖，老爸找她，纯属是让她照顾我和这个家。

我继续打游戏，且越打越迷恋，游戏厅所有的版本都让我打遍了，且打遍天下无敌手。这天我正酣战，一只手落在我的肩头，回头一看是七喜，我心里禁不住又"妈呀"一声。游戏厅太吵，听不清她说什么，只见她一只手拉住我，一直把我拉到门外，这才说，都这么大了，还玩游戏咧，不如去玩台球，那里清静。我甩开她的手，闷闷地说，你给我钱啊？

我是想和七喜较劲，没想到，她真的笑嘻嘻地从怀里掏出一卷钱，都是一元五元的，七喜说，这些呀，是我今天挣的，刨去豆子钱，刨去煤钱，就剩这些，足够你打台球的了。

我没想到七喜会这样，发愣的时候，七喜把钱塞到我的手里，走了，走出好远，还回头对我说，以后，得为你的翘鸡鸡攒钱了。

这天我给远在省城的爸爸发了短信，告诉他七喜的行为，爸爸只回了一句，七喜是特别的，你要学会爱她。

转眼，冬天来了，冬天是卖豆腐的好时节，我几乎见不到七喜的面了，她都是把一整天吃的，给我放在保温电饭煲里，菜像菜，饭像饭，而她自己，却一如既往，卖大豆腐，乐此不疲。

有一天我趁她不在家，钻到土房里，想看她怎样做的豆腐，这一看我的心酸得再也不想去台球室了。

土房里堆着高高一垛黄豆袋子，她什么时候把这些弄回来的，我一点都不知道，她得怎样再把这些黄豆变成豆腐，又怎样一块一块送到各家各户呢？这一想，我觉得有点对不住七喜了，我虽不去电子游戏厅了，可是到现在为止，我们这一地界，打台球，我是大王了。而我花掉的，都是七喜的钱，从某种程度说，打一杆台球，就是打掉七喜一块豆腐。

有了对七喜的感激，再用起钱来，我就谨慎得多了。打台球的心思，也不那么浓了。这天我破天荒没有去台球室，而是坐在家里，思考自己以后是否应该做点什么，不想七喜走了进来，她笑嘻嘻的，说，我给你找到喂鸡鸡的了。我吓了一跳，慌忙拉过被子盖住了自己的私处，不想七喜看到我这个动作，脸拉了下来，说，哪有娃怕妈的，哪个妈不知儿子有翘鸡鸡。说着，从怀里掏出一张照片，递给我，又开始笑嘻嘻了。

我看到，照片上有一女孩，胖胖的，有点丑，可七喜的脸上，却洋溢着灿烂而满意的微笑。

思　念

　　俄侨娜塔莎，酷爱哈尔滨。尤其喜爱秋林公司的红肠和像草帽一样大的列巴。列巴就是面包。小闹就是她在买大列巴时认识的。

　　小闹是个女孩子，在秋林公司做营业员，乐善好施，看到娜塔莎排队很费劲，先是给她拿个凳子坐着排，后发现她每隔半月必出现一次，就和娜塔莎承诺，给她送货。娜塔莎老年得友，求之不得，两条硬腿终于不用迈动，就能吃到她喜爱的红肠和大列巴了。

　　娜塔莎在黑山街有一处小房子，她常约小闹去住，去住不为别的，让小闹听她唱俄罗斯歌曲，《喀秋莎》、《俄罗斯郊外的晚上》，娜塔莎会把它唱得别有韵味，像孩子一样在地中间舞来舞去。常常是一楼人都睡了，她们还意犹未尽。

　　这样快乐的日子，小闹没结婚前行，结了婚有了丈夫就力不从心了。这愁坏了小闹，也愁坏了娜塔莎，有一段时间娜塔莎为这事病了，再吃列巴就不那么香了，小闹再送列巴来，看到上一个列巴都让她吃长毛了。

　　小闹就和丈夫把这事学了，并提出每周去娜塔莎家小住一夜。小闹的丈夫很通情达理，听小闹一说当即同意，可是看到小闹鼓起的肚子，沉吟一会儿还是说，这也不是办法，怎么才能有个权宜之策呢？

　　权宜之策还是让小闹的丈夫想出来了，就是给娜塔莎安一部电话。

　　电话安好后，果然娜塔莎的病就好了，她高兴得如同个大鸟，每天在电话机前"盘旋"，晚上想小闹时，拿起电话就和小闹聊，听着小闹的声音就好像小闹就在她近前。小闹告诉娜塔莎，等孩子出生，让孩子叫她姥姥，如她喜欢就送给她了。娜塔莎高兴得眼泪都流出来了。

　　有一天晚上都十一点多了，劳累一天的小闹刚躺下，娜塔莎的电话就打进来了，娜塔莎的声音有些哽咽，她告诉小闹，她的一位老朋友，上午十点去世了，他是她在哈尔滨的最后一位俄侨朋友。娜塔莎泣不成声。小闹明白，娜塔莎思念的不只是那位朋友，还有她背后那个鲜为人知的民族。中东铁路以后，父母移居远东，娜塔莎出生在哈尔滨。

　　小闹怕娜塔莎老迈的身体支撑不住这巨大的悲伤，就神情一转为她讲起一段故事，小闹相信，这是足使娜塔莎停止流泪的力量。

　　"1941 年，苏德战争爆发，德军分三路夹击苏联，不到一个月，近百万大军直逼莫斯科。7 月中旬的一天，莫斯科城里，新编的红军开赴前线。在送行的人群里，莫斯科一所学校的女学生唱起了《喀秋莎》：'正当梨花开遍了天涯，喀秋莎站在竣峭的岸上……'姑娘们用这首爱情歌曲为年轻的战士送行，官兵们向姑娘们行军礼，他们含着泪水，伴着歌声走上了前线。几天后，在极为惨烈的第聂伯河阻击战役中，这个师的官兵几乎全部阵亡……"

　　小闹讲完这个故事，又加了一句，你就是喀秋莎。

　　娜塔莎果然不哭了，但紧接着，娜塔莎的歌声通过电话响了起来，……驻守边疆年轻的战士……勇敢战斗保卫祖国，喀秋莎爱情永远属于他……

　　娜塔莎就这样唱着，直唱到深夜，后来小闹也跟着唱起来，再后来小闹的丈夫也加入进来，这以后每天晚上九点到十一点之间，小闹家的电话总是如时响起，娜塔莎苍老沙哑的声音总是浸满喜悦和忧伤，在两部电话间像云朵一样环绕。

　　夏日的一天夜半，电话铃又响起了，但是这回小闹不能接了，她肚子痛，孩子临盆了，助产士已候在床边，那个时候大多数妇女生孩子都在家，小闹舍不得钱去医院，自然也在家。

　　小闹听到电话响，从阵痛中抬起头来，把丈夫叫到她的房间，嘱咐丈夫，别告诉娜塔莎她在生产，一定听她把歌唱完，一定与她一同歌唱。

　　那时候的娜塔莎，什么时候把自己唱困了才会放下电话，小闹每晚的任务就是伴她歌唱，伴她入眠，小闹知道这世界没有什么能牵动娜塔莎了，只有这些俄罗斯歌曲，她祖国的声音，每每让她心弦振动。

　　但是那天晚上，娜塔莎唱起没完了，她一首接一首，《三套车》、《山楂树》、《伏尔加船夫曲》，轮着唱，直到凌晨，孩子的一声啼哭，让娜塔莎停止了歌唱，她开怀地笑出了声，露出残缺不全的牙齿，她对小闹的丈夫说，这才是世界上最壮美的歌声。

　　孩子长到五个月时，娜塔莎离世了，哈尔滨一代俄侨的歌声也随之结束。但是孩子已养成习惯，入眠时必听俄罗斯歌曲，不听他就哭，不听眼泪就像雨水，源源不断。小闹只有为他买一个录放机，天天为他放《喀秋莎》，他听着这首歌，入睡了，睡时脸上常常漾出幸福的笑靥。

　　又过了两个月，孩子会爬了，有一天，他的一个动作把小闹惊呆了。他无比快活地爬到床头的电话机旁，拿起话筒，呀呀地唱，小闹居然听出他在唱《喀秋莎》，虽音不准，小闹还是看到了那一头的娜塔莎。

牵 挂

给大哥打电话时，他还没起床。嫂子可能在家，大哥嘴里打了半天诨，没说出什么。听语气我就明白，这话不能继续下去了。

我和大哥同父异母，可是父亲铁骨铮铮的性格，并没有传给他。倒是我，一副天不怕地不怕的流氓样。别人都说我像美国西部牛仔，我告诉他们，在下是牛仔他爹。这以后，就没人敢在我面前瞎嚷嚷。

大哥一副熊样，我就好像吃了一口霉菜，向外连呸三口。小时候遇到刮旋风就是这样，老妈告诉我，呸一呸鬼就跑了。可是我呸了嫂子十来年，也没呸跑她，倒是让她，像牵马缰绳一样把大哥牵得牢牢的。

我发狠，什么时候收拾她。

我正想对策，大哥来电话了。我吃惊他怎么这么快就把电话打了过来。电话的背景乱糟糟的，像有无数人在说话。大哥的声音倒挺清晰，问我，六子，你什么时候回来的？可是大哥的低声下气，让我感到我像个黑手党让他谨小慎微。

我回答大哥，我现在回来的，怎么了你？大哥听我这么一副德行，就知道我的驴脾气上来了。忙说，六子，说正经的，我在话吧给你打电话，你得抓紧，手机我没敢带出来。我一听火了，我知道大哥是故意不带手机，怕嫂子猜测他躲在外面给我打电话。我把声音放高，告诉大哥，我要灭了你那个母夜叉。

大哥说，六子，你可不能胡来呀，你灭了她小芽怎么办，她就没妈了，你怎么也得给她将就个妈吧。大哥的软弱是出了名的，远近街坊、同学朋友，没有不知道的。我没办法，只好继续听大哥倾述。

大哥说，六子，我快发财了，钢铁厂那批废轴承，我打算买下来，一个卖十元钱吧，五千个就五万元钱呀。关于废轴承，大哥和我提起过，那是早年制造吹风机用的，现在都烧天然气了，谁还用吹风机，卖废铁差不多。

可是事情都过去两个月了，大哥还惦记着这批废货，而且还头头是道。我倒想听听他又有什么新高见。我说，没人要了，大哥，和你那臭婆娘一样，没人要了。大哥说，六子，你就等着为我高兴吧，若能成，这可是我今生的第一桶金，有了这第一桶，就不愁第二桶，你嫂子，也就不能瞧不起我了。

大哥好像很为这事高兴，不然不能跑这么远就为和我说这几句话。

我不知和大哥说什么好，怎样才能让他打消这个念头，就想约他到酒吧坐一坐，谁知我刚发邀请，大哥马上拒绝，他说，现在不行，改日子吧，小芽等我为她解数学题呢。

听得出，大哥要撂电话了，可是我没想到他在没撂之前又加了一句，说，对了，别打我手机，一般情况下，我手机都是放家里的。

听了大哥的话，我都要气死了。手机都不敢带，这哪还是男人呀。就问他，那怎么和你联系？其实我是故意给大哥出难题，看看他到底还记不记得我们这份骨肉亲情。谁知还真没难倒大哥，他说，你就往这个话吧打吧，每晚七点我准来这接电话。我快气疯了。骂了句，你可真是个窝囊废。就断了手机。并想，我就是想他想到死，也决不往那个鬼话吧打一个电话。

但是说归说，在这个我出生的城市我只能呆三天，三亚那边还等着我呢。这次回来，主要是想在北方多个城市设几个楼盘推销点。北方人在三亚买房子的不计其数，老板非常看好这块市场。我甚至想，等我发迹了，把大哥接出去，把小芽也接出去。

忽然我的脑子里出现一个亮点，何不让大哥做这个网点的代销人。在这里他人熟地熟，千分之五的提成，总比卖轴承要强得多。于是我决定马上给大哥打电话商量这事。嘻嘻，他家我是不能去了，我出去前和嫂子交过手，也是为她不讲理，也是为她欺负大哥，那耳光，她一辈子都不会原谅我。

电话打的是大哥家的座机，接电话的是嫂子，我一说找大哥，这个母夜叉更狠，说我打错了，像锁镣拷一样，我听到咔嚓一声。我拿着听筒愣了半天，方想起骂了一句：狗娘养的。

没找到大哥，我想起那个话吧，在手机上翻找半天，才找到昨天大哥用的那部电话，一看还没到七点，就决定等一等。这期间给老板打了一个，汇报了战绩，老板说，回去他要嘉奖我。

七点钟，我把电话打到了话吧，直想接电话的会是大哥，可是却是一女的，恍惚间我怀疑是不是又打到大哥家了。好在女声的声音比嫂子年轻，她问我，你找谁？我说我找一个叫韦磅礴的人。女声说，是有这么个人，来了

又走了，责成我们把你的话记下来，传给他。怎么传？我问。电脑传。她回答。

这回我彻底傻了，我不知怎么去揣测大哥和大哥的处境。

这是个令我伤心的夜晚，我一刻也不想呆了，就连夜去了火车站，想速速离开这里。可是人就是贱，都快到车站口了，我忽然从心底升起一股柔情，想这次走，怕是再也不会回来了。这样一想，我决定去那个话吧看看，可能的话，我想为大哥把话吧买下来，对大哥，这可能是最好的出路。

回　家

　　珍珠是一头猪，猪们在开会。珍珠是组长，珍珠说，主人今天不在家，我们要把栅栏门拱翻，然后突围出去。

　　亮蹄说，是呵，人类太拿我们不当回事了，不给我们自由，唯一给点好吃的，还是为了杀了我们。

　　四眼说，最可恨的是他们还嫌我们长得不胖，给我们吃添加剂，我现在胖得都走不动路了，离死越来越近了。

　　四眼的话音刚落，一群猪围了上来，积极响应珍珠的号召。小丽说，哪里只是胖啊，我现在瘦得见风都打晃了，胃里火烧火燎的，城里人喜欢吃瘦肉，主人专门给我吃了只长个儿不长膘的药，你们看我现在苗条的，就跟少女似的。

　　大家向小丽看去，果然看到她骨骼高挑比大家高出许多。这才想起每天进食的时候，小丽都到另一个栅栏里和十二崽一起吃。十二崽是小丽的孩子们，白刷刷十二个小猪崽，平时大家还以为这是小丽生产后特殊的待遇呢，现在看显然不是。

　　珍珠说，所以我们得逃。主人去城里又给我们买添加剂了，吃了它，我们要多丑有多丑，要命的是我们只有四个月的活头了，四个月添加剂会把我们鼓成气球。我们要趁他没回来，把属于我们自己的世界夺回来。

　　对！亮蹄第一个向栅栏门冲去，他想把栅栏门撞碎。却让一棵铁钉刺破了嘴唇。四眼说，你真傻呀，你难道不知门这东西比什么都坚固吗？人类用它关我们祖祖辈辈，有谁冲破了这道门？

　　四眼的话让大家静下来，每头猪都在想着对策。可是对策哪是一时想出来了的。多少年了，猪都是由人摆布，人是猪的上帝，他们从养猪起就没想过让猪好。猪们想到这，一个个垂下头去。小丽自生产后身体一直不好，就

躺下来等候大家的主意。十二崽们在一边玩，他们还什么都不懂，铆足了劲在打闹。

珍珠说，我们一起吼，主人家的小主人在家，我们一吼她就没法了，她就会为我们开门。小丽一骨碌爬起来，说，不能影响小主人，她很善良，常喂我的十二崽饼干，她交不上作业会急死的。亮蹄瞪了她一眼，说，就你事多，不吼，我们还有别的办法吗？难道就等死吗？大家一起怒视小丽，小丽就不知怎么回答了，她也不想等死，她想把她的十二崽养大，哪怕有一个能冲出栅栏，回到山林，她的愿望就实现了。

小丽是多么怀念山林啊，她的爸爸是头野猪。

珍珠看大家想不出办法，就目测一下栅栏和远处树林的距离，说，亮蹄，你平时跳高不错，你试着跳出去，到森林找小丽的爸爸，请他来援救我们。亮蹄听了珍珠的话，想了想说，办法到可以，可是这栅栏也太高了，我跳不过去，掉下来会摔死的。

四眼说，摔死也是为国捐躯呀，你不过是比我们早死几个月，我们这样的生命，哪有活到白头到老的。

亮蹄生气了，瞪了四眼一眼，看着他胖得走不动路的体态，调过头去。四眼不吭声了，他在打一节土墙的主意，这土墙是他平时擦痒痒的地方，有一块已经被他弄得松动了，四眼现在就想从这松动的土墙打开缺口。

大家猜透了四眼的心思，都过来帮忙。但是他们很快发现，弄倒土墙也不是件容易的事，土墙外面是黄泥，里面是砖和水泥，还有钢筋，他们发现纵使再有本事，也颠覆不了这现代化的东西。

小丽叹气，说，这要是我爸，一身本领，不会被这点小事难住的。他整天在森林里奔跑，老虎都没怕过，多深的土地他的大长嘴都不在话下，他会在地底下打洞把我们都接出去。

小丽说出这话，扑棱一下坐起身，她让自己的歪打正着吓了一跳。这是一个好主意呀！直到大家欢呼起来，小丽才红了脸，为自己骄傲。她说，这是我爸爸在帮咱们呢。

夜晚到了，小主人隔着墙给他们往食槽里添食，隔老远就闻到一股让他们厌烦的添加剂的味道。但是他们还是努力地吃，把自己吃饱好有力气。

夜晚安静下来了，他们的行动悄悄地开始了。由珍珠选好了一个便于出行的方位，打洞开始了。亮蹄率先拱开地皮，他的力气很猛，一上场就旗开得胜。但是问题还是出现了，正在大家干劲冲天时，他们听到了马达声，是主人开着四轮子车回来了，车上还有几个人。于是由珍珠带领，他们一起横七竖八躺在坑里，屏气凝神，想瞒天过海。

一行人下车直奔正房，有人用手电向他们这里照，主人说，不忙，咱先喝酒打牌，天亮再动手，要几头，任你们！珍珠听了这话一哆嗦，他顿时明白他们的大限来临了。主人进屋后，珍珠含泪指挥大家，为节省时间，缩小出口。猪们一起行动起来。天蒙蒙亮时出口打通了，珍珠和亮蹄还有四眼一起把小丽和孩子送了出去，望着他们潜入森林，然后用他们肥胖的身躯将出口堵牢，不论谁看，这里都像什么也没发生过。

胜 利

土拨鼠在站岗，有人要侵略他的家园。他的家在地下三米之处，有两个出口，里面有绵软的草絮供他们休息，但是这一切都无用了，已经有四五家土拨鼠的窝被洗劫一空。

土拨鼠的又名旱獭，他的皮毛很珍贵，能为人类换大钱，他的油能让马笼头和马缰绳坚固如钢铁。这些土拨鼠们自己也知道。由此土拨鼠的妈妈让土拨鼠无论如何要守住自己的家园。

土拨鼠站岗已经三天了，三天他目睹了不少同类进入了那队人马的皮镶。他们死得都很惨，有的才出生就被连窝端了。土拨鼠躲在一块岩石的草窠里把这一切看得很真切，看得自己毛骨悚然，但是为了家，为了家族长久的延续，他就是付出生命也不在乎。

又有一支队伍过来了，他们牵着马，扛着长杆，长杆上面有缝制的空空的丝织袋，那是用来捕捉土拨鼠用的，他们把这袋子罩在洞口，只要土拨鼠出来，就无一漏网。

土拨鼠的妈妈告诉土拨鼠，出洞时，用力不要过猛，要用耳听，用心揣摩，用尾巴试探，把尾巴当成扫把扫洞壁，人类是心急的，见有动静他们就会有动作，有动作就会有声音。土拨鼠信了妈妈的，果然那天他巧妙地躲过了人类的劫持。

但是现在就得土拨鼠自己来应付这些了，土拨鼠的妈妈这几天正在生产，为他生下三个小弟弟，土拨鼠十分想和小弟弟们一起玩，可是他们太小了，就是大，土拨鼠也没时间，每晚守夜让他筋疲力尽。

土拨鼠站立的地方很隐蔽，是一块岩石，岩石四周有蒿草，土拨鼠只要细心瞭望就会看到那队人马的一举一动。那队人马中有一个人最让土拨鼠痛恨，他的计谋很多，总是在别人放弃追杀时又想出一个主意，而且他的主意没有一个落空的，总能让那个丝织袋里盛满土拨鼠的同类。

这个人三十岁左右，是人类的壮年，对付土拨鼠他既有经验又耐得住兴致，他先把土拨鼠家的另一个洞口堵住，然后守住这一个洞口，又不是只守不攻，他会把一挂人类庆贺节日的鞭炮，拴在一个事先逮住的小土拨鼠的尾巴上，然后点燃鞭炮，放开它，小土拨鼠受到惊吓，就会直奔洞里找妈妈，那么家里有多少土拨鼠都会在呛眼的烟雾下窜出洞口，一个家族就这样毁灭了。

土拨鼠看到这哭了，他浑身颤抖着，他不知他的家族会不会也是同等的命运。那伙人满载而归走了，土拨鼠回到家里把这事对妈妈说了，他当然也说了自己的惧怕和担心。

土拨鼠的妈妈身体很虚弱，奶水不太多，已经有两个小弟弟饿死了。妈妈听土拨鼠把这些叙述完。撑起身子对他说，人类在自讨苦吃，没了我们，狼就不来了，没有了狼，兽类就不会那样矫健了，当一切都灭绝，土地就风化了，风沙会把城市吞没。

会吞噬那个可恶的青年吗？土拨鼠问妈妈。会的，一切的一切。妈妈回答。那我们怎么办呢？妈妈喘口气说，我们能做的就是保住生命，让生命延续，保持生态平衡。这当然是很难做到的事情。

土拨鼠明白了妈妈的话，他又去站岗了，但是这一次他有些心事重重，也就是从这一刻开始，他知道思考了，一下子长大了许多。

这一天清晨，阳光很柔和，四周青草葳蕤一片祥和，是个让土拨鼠忘记灾难的美好时刻。就是在这样的时刻，那伙人又来了，这回他们的队伍中没了那个壮年，多了一些相当于土拨鼠这个年龄段的少年，这让土拨鼠多少产生一点亲切感，有一点遇到朋友的感觉。

土拨鼠看到，那伙人在寻找诱饵，可是他们绕来绕去也没找到，更多的土拨鼠都躲在洞里不出来，他们就只有采取灌水的方法，灌水当然不如放鞭炮。土拨鼠躲在岩石后面忍不住笑出了声。

忽然他看到一只瘦弱的小土拨鼠拱出洞口，这让他大吃一惊，他知道如果这个小土拨鼠尾巴上也被拴上鞭炮，那他的整个家族瞬间就会遭遇灭顶之灾。

土拨鼠按捺不住了，他必须在这一刻力挽狂澜。如果可能他想和人类谈判，用自己的血肉之躯去换得和平也在所不辞。

就在那几个少年往小土拨鼠的尾巴上拴长长一串红色鞭炮时，土拨鼠箭一样窜了出去，他直奔那双绑鞭炮的手，用他好看的两颗小门牙死死地将它咬住。少年松开了小土拨鼠，小土拨鼠连滚带爬回到洞中。

但是土拨鼠无疑被捉了，尾巴上拴鞭炮的事也不能幸免了。

土拨鼠没有反抗，他很驯服，鞭炮像风筝的尾巴一样牢牢地固定在他的尾巴上，这时候土拨鼠抬头看了看天，他很希望这时的天空真出现一只风筝，他好和它媲美一下，看谁飞得更高。

鞭炮点燃了，一阵震耳的鸣响如同打雷，土拨鼠没有跑，更没有回洞，他镇定了自己，任那鞭炮一点点接近自己的身体，然后奋力一跃，跳上了那些惊慌失措的人们高高的肩头。

烛　光

蟒蛇壮壮贪玩，去叼一只鼠夹，森林里到处可玩的地方，但壮壮偏偏对鼠夹感兴趣。鼠夹上有一只活蚯蚓，它的力量不足以撼动鼠夹，壮壮没识破，结果嘴巴左侧的下颌骨，被能把老鼠夹成肉酱的铁夹打碎了。

颌骨一碎，壮壮的情况就惨了，他不能进食，不能捕猎，只能卧在草窠中养伤。如果坏的地方是皮肉，壮壮的办法还管用，可是坏的是颌骨，壮壮这么做就有点自欺欺人了。

此时正是草木萌发的初夏，冬眠期刚刚结束，壮壮肚子里储存的食物早已消失殆尽，新食物没入口多少，贪玩就把它推入了绝境。伤口对壮壮没客气，两天后开始感染，脓水把壮壮的小脸涂抹得不成样子，肿胀也让他的头颅比妈妈的还大。

壮壮的妈妈早已不和壮壮一起生活了。不是妈妈有意离开他，是壮壮自己不愿和她一起生活了，壮壮的妈妈有一次带壮壮去山脚下一户人家，想在他们的谷仓里产蛋，错把那家的小男孩缠死了。小男孩是给他们送兔肉的，壮壮的妈妈以为小男孩是去残害他们，将小男孩逼到屋中的柱子上，紧紧地缠绕着，其实壮壮明白，那小男孩没有恶意，他和他一样是个贪玩的孩子。

蟒蛇壮壮卧在草丛里第五天，他开始发烧了，身上的花纹眼见着就暗了下去，眼睛也无神了，壮壮知道自己离死亡的日子不远了。既然是死，壮壮决定去实现一桩夙愿。壮壮听妈妈说过，人类为什么喜欢弄死他们，是因为他们的身上到处是宝，他们的肉能让人类强壮筋骨、延年益寿，他们的头、眼、皮、能为人类治疗风痹麻木、关节疼痛，他们的胆能为人类祛风清热、化痰明目，有这么多好处，壮壮想无论如何要让自己派上用场。

壮壮最先想到的还是山脚下的那户人家，他要让自己成为那户人家的宝贝，为他们家换回大量的钱，让他们再养一个可爱的小孩子。原来那个小男孩被妈妈弄死了，他们一家人哭着把他埋在了山坡上，埋的那天壮壮和妈妈藏在草丛中，把一切看得清清楚楚，之后，壮壮就和妈妈分手了。

壮壮不能原谅妈妈。

壮壮使出平生最大的力量爬到了那户人家的院子里。院子里有一棵枣树，本来壮壮决定等枣熟时，他过来帮着打枣，以往都是那个小男孩打枣，他拿着一根长棍，在枣树上敲来敲去。现在那小男孩不能打枣了，壮壮就想代替他做这个工作。壮壮打枣有经验，它会爬上枝头，甩动尾巴，将成熟的果子一一打下。

壮壮来到老伯的院子时，屋子里正在吵架，是老伯和他的儿子。

老伯：你不能那么做，你会害了壮壮。

儿子：他害死了我儿子，我让他偿命有什么不行？

老伯：可壮壮是条好蟒蛇呀，你没见他每年为我撵野鸟吗？如果不是它，我们的粮食要少收回多少啊？

老伯的话，让壮壮想起，每年他家的种子入土后，他便守在地里，驱赶啄吃种子的野鸟，有一种鸟让壮壮最不放心，它们总是偷吃地底下的种子，壮壮看护着种子，一直到种子长出小苗，一直到小苗丰收再成为种子。

壮壮把自己紧紧蜷起来，他防止野狼来把自己掠走，那老伯就什么也得不到了，那他想报恩就再也没有机会了。

屋里的声音忽然大了起来，像是什么器皿被摔碎的声音，接着一个人跑了出来，他由于焦急，没看清月光下蜷缩的壮壮，被壮壮小山似的身体绊了个跟头，一直滚到栅栏门。随着他恐惧的叫喊，壮壮知道这是老伯的儿子。

知道是不喜欢自己的人，壮壮还是打了个寒噤，他怕他会打死他。尽管明白自己活不久，但也还是不想马上就死，也还是想见到老伯后再死。

壮壮害怕，老伯的儿子更害怕，他跑进屋，对着老伯喊，你去看，他又来了。儿子的声音带着哭腔。老伯一阵惊愕，他问儿子，你是说你的鼠夹没有夹死他？又说，你要是没要了他的命，今后你做什么都行，你要出去打工我不再拦你。

老伯一边说，一边端起桌上的蜡烛，跟跟跄跄来到壮壮的身边，老伯用烛光把壮壮通体照了个遍，看壮壮已经奄奄一息，老伯什么都明白了，眼泪就下来了，老伯说，你呀壮壮，你不该来呀，你这是来报恩啊，我知道小孙儿不是死在你手里，你哪来那么狠的心呀，不是你，你何必来顶罪呢？

壮壮听了老拍的话，他动了动头，却无力举起，他一点力气也没有了。正是这动一动，让老伯看到了他肿胀的下颌，和撕裂的皮肉，老伯一阵惊慌，忙向屋里喊，冤家，你出来，把急救包拿来！

儿子出来了，他拿着父亲的急救包，那包里有老伯配制的祖传红伤药，剪刀和镊子，还有麻醉针，他知道，父亲要开始给这条蛇治伤了。

儿子为父亲秉烛，他战战兢兢，手一阵阵抖颤，几滴红泪摇了出来。

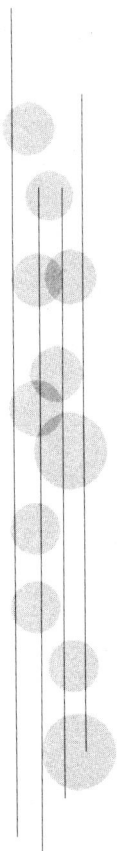

重　任

　　母鸡织锦下软皮蛋，她找到公鸡赖皮，织锦说，你也太没能力了，怎么你踩的蛋都是软皮蛋？刚离开我的身体那蛋就碎了，别说主人，就是我也觉得脸上无光。

　　公鸡赖皮此时正盯着一群花团锦簇的母鸡，没把她的话入耳，织锦对于他，早已是明日黄花。

　　织锦很生气，她后退几步，猛地跃起去啄赖皮的眼睛，赖皮一躲，织锦尖尖的嘴巴啄在他火红的鸡冠上。赖皮火了，吼，干什么？你个臭婆娘，不搬块豆饼照照，你怎么赶得上粗布，粗布虽然出生在贫困家庭，你看她出落得多水灵。

　　织锦听了赖皮的话，脸涨红了，比她下蛋时还红。织锦呸了一口道，我当初一点也不比粗布差，不是你，我怎会衰老得这么快？赖皮不去理织锦，他一门心思注意粗布的一举一动，伺机什么时候跳到粗布美丽的背上。

　　可是粗布身边有护花使者，是比赖皮漂亮一百倍的九立，九立光彩照人，羽毛像孔雀一样鲜亮柔顺，个头也大，走起路来气宇轩昂，成天被一群母鸡众星捧月。如果他在，赖皮想接近哪一个都不成，只好委屈地和织锦一次次偷欢。

　　赖皮不理织锦，织锦就在一旁啄自己的软皮蛋，她一口接一口地啄，啄一下，扬一下嘴巴。赖皮看她吃很馋，走上前去，讨好织锦，他说，你缺钙了，哪天我领你去河边吃小虾米和小河蚌。

　　织锦说，谁说我是缺钙，我是流产了，被主人家的大黄狗吓的，它扯住了我的翅膀，险些把我吃了。主人家的大黄狗确实有扑鸡的习惯，它不但扑织锦，也扑赖皮和九立。

　　但是这一次赖皮和织锦都没说对，织锦不是缺钙，也不是流产，她得病了，得了一种叫禽流感的病，她的身体日益虚弱，最后连软皮蛋都不下了，连一粒米都不知道吃了，她蹲在柴垛旁，瑟缩地打抖。

赖皮看织锦这样，已经完全不理织锦了，他甚至当着织锦的面儿，嚣张地挑逗粗布。九立看不过眼，把赖皮堵到墙角狠命地教训他，到底把他的鸡冠啄出了血。然后九立来到织锦面前，说，我替你报仇了。

九立的仗义织锦已无动于衷，但有更重要的话她要对九立说，待九立转身离开她时，织锦叫住了九立，织锦说，我得病了。九立说，我知道你得病了，我才教训赖皮给你看。织锦说，这个已经不重要了。九立不懂，看着织锦发愣。织锦说，我得的这种病是特殊的病，它会传染，不但会传染给同类，还会传染给人类。九立急道，那怎么办？织锦说，我想出走，走得远远的，我想让你们健康，让人类健康。

九立不吭声，无法吭声，他一下子敬畏起织锦，看不出这其貌不扬的普通母鸡，会有这样的情怀。织锦看九立沉默，又说，我有一事相托，我走后，如果你们中间谁得了这种病，你一定让他们也像我一样离开，否则这病传播开去，一村人都要遭殃。九立点头。见九立答应了，织锦头也不回地出了院门。

可是半小时后，意外还是发生了。主人家外出买化妆品的小环回来了，她一进门就嚷，妈，咱家的织锦打蔫儿，趁早杀了吧。小环一嚷，所有的鸡都看到，织锦的两只翅膀反绞着，被紧紧地攥在小环的手中。妈妈没在家，小环就亲自动手对付织锦，她把织锦的头背向脑后，院中放了一只清水碗，找来一把剪刀，挑开了织锦的喉咙，起初织锦还能大声喊九立，待一股血喷进碗里，织锦没了声音。血流尽后，织锦被扔在院中，赖皮吓得咯咯叫着窜上了柴草垛，不顾命地飞出院外。粗布也早已吓瘫了，她躲在门板后面缩作一团，其他母鸡也一哄而散。

只有九立没动，他独守着织锦。他不相信，织锦就这么完了，不相信织锦的夙愿这么快就结束了。果然被扔到地上的织锦忽然奇迹般站起来，她昂着头颅，滴着鲜血，在院中足足走了三圈，她的眼睛睁得很大，似在呼喊，迈着碎步，像演员在台上踩着锣鼓点。急急地走完三圈，她跌倒了，之后就一动不动了。

晚炊的时候，织锦的肉香飘了出来。织锦被炖在锅里，色香味俱全，满满一盆鸡肉土豆块放在灶台上，主人家所有的人都回来了。看到炖了鸡，小环的哥哥掉头去隔壁的小卖店买酒。小环的弟弟和妈妈也高兴地洗脸，他们铲了一天的地，肚子早就饿了。

　　只有小环沉得住气，不把炖好的鸡端在桌上，而是放在灶台上晾着，自己则去院中的菜园薅小白菜和小葱，这样绿色的食品配上织锦的肉，肯定是一顿丰盛的晚餐。

　　小环走后只有大黄在灶台前围着香味不肯离去，但是大黄是有规矩的，主人家的饭菜大黄从来不动。也就是看到大黄在厨房，九立一下子来了主意。为了织锦，为了织锦的夙愿，也为了主人家的健康，九立飞身灶台，不容多想，也顾不得菜烫不烫，有力的双脚踏上盆沿，奋力一蹬，一盆菜跌落在地上，四处绽放。

轮 回

双塔镇由于有双塔而得名；由于有丑丑而人尽皆知。

丑丑是一条狗，是一条和人一样可爱的狗，七天的时候被小花从森林里抱回，像拳头一般大小，有人说是狗，有人说是狼，小花把它抱在怀里，用舌头轻轻喂它唾液，任谁怎么说也不放下它。

小花和母亲相依为命，小花认同的事母亲全盘照收。

一晃丑丑长成了大狗，不太像狼，也不太像狗，不像狼是它不会像狼那么叫，它还是像狗那么叫，不像狗是它苍青色的大尾巴，比狗长一大截，扫把一样拖在背后，和狼一模一样。

丑丑长到两岁，也就是小花十三岁时，它就不再守着小花了，它会出去找情人了，并且在四个月后，生下五个崽崽。崽崽有男崽，也有女崽，但是不论男崽还是女崽，都恋不住丑丑的心，它有一根神经好像不属于它，而是属于双塔镇。

双塔镇这日刮大风，几级说不上，反正耸立在镇南方的双塔尖被折下半截，塔是石塔，风怎么有那么大的劲，谁也说不清。按说这也没丑丑什么事，可是丑丑趁小花不注意还是赶了过去。

这一去，丑丑像落下了病根儿，双塔的方向一有动静，它就竖起耳朵听，而且一旦辨不明原由，它会立即颠颠地跑过去看个究竟。小花看到自己心爱的丑丑总是神不守舍，连崽崽都不顾了，就很生气，嘟着嘴和母亲抱怨：又去找老公了，可惜拖儿带女的谁稀得要它。母亲就笑笑，笑过后补了一句，丑丑有过人之处，等着瞧吧。

夏天来了，双塔的方向郁郁葱葱，漫山遍野的植被像绿云直铺到天边，双塔也在层峦叠嶂中隐了身心，可是丑丑跑向那里的频率却越来越勤了。发现丑丑有劣迹行为还是小花。母亲给她买的果冻不见了，母亲给她买的娃哈哈豆奶也不见了，母亲给她上学准备的巧克力面包也不见了。可是家里并没

人来呀，这让母女俩不得不警觉起来。

这一日小花特意把煮熟的鸡蛋放在自己的床铺上，然后躲在另一间屋子里观察动向，母亲去铲地了，走时告诉小花注意家门。

大约到了晌午，门被悄悄地打开了，偷小花零食吃的人终于露面了。这个人轻手轻脚，若不是小花机灵，是听不到半点动静的。当一张毛茸茸的大嘴一口咬住鸡蛋时，小花几乎惊呆了，是丑丑，是她最心爱最信赖的丑丑。

丑丑背叛了主人，不想刘小宝也来凑热闹，刘小宝是小花的同学，他提着一只血肉模糊的鸡找上门来，一进门差点哭出来，他对小花说，看看你们家丑丑吧，硬是咬死了我家的芦花鸡，若不是我追得急，早就被它叼着跑南山上去了。小花见刘小宝一张脸涨得通红，二话没说，弯腰从鸡舍里逮出自家的大红公鸡，赔给了刘小宝。

母亲不高兴了，母亲决定教训一下丑丑，她找了一根又长又结实的红柳条，就等丑丑野够了回来，把它抽得皮肉开花。

小花知道挡不住母亲，就想帮帮丑丑，她想让刘小宝收留几天丑丑，等母亲消了气，再让丑丑回来。小花这么打算着，却不知聪明的丑丑比她先一步，偷偷地带走了五个崽崽，一点痕迹都没留。

丑丑的出走，让小花又心疼，又高兴。高兴是丑丑终于逃过了这一劫，不至于在母亲的毒打下有闪失；心疼是丑丑这一走不知会过什么样的日子，流浪也说不定。母亲也没想到丑丑会技高一筹，她望着丑丑呆过的小窝，出了半天的神。

比母亲更恍惚的是小花，她每天都望着双塔的方向，想念着丑丑，她不知那里有什么好，能吸引住丑丑，也不知丑丑是不是真私奔到那里，她已经和刘小宝约好了，星期天让刘小宝带她去双塔看看，她断定丑丑一定在那里，或者离那里不远。

星期天说到就到了，小花心神不宁，刚准备好吃的喝的，刘小宝一脸忧戚地来了，他告诉小花，他不能去了，他们家出事了，他的姑姑把才出生二十天的孩子弄没了，今天已经一周了，怎么找也找不到了。

刘小宝的姑父在城里打工，有半年没回双塔镇了。

刘小宝说，他永远都不会回来了，他有了新家了。

小花问，不会是你姑姑把孩子送给谁了吧？刘小宝说，要是真送人就好了，我妈说让她弄死扔了。小花倒吸一口冷气。

寻找丑丑的事就这么泡汤了，再怎么说刘小宝有权力为自己的姑姑哀

伤，一个人哀伤的时候是没有心思为别人做事的。

刘小宝转身刚往出走，小花的妈妈扛着锄头风风火火从外面回来，看见刘小宝，说，憨娃子，帮我给你姑带点东西。

母亲说完去找放在窗台上的一个橡胶奶嘴，那是她赶集时特意买回来的。可是不管她怎么找，就是没找到，那东西就是没了。母亲急了，愤愤地骂道，莫不是又让那该死的丑丑偷走了？难不成它要为人家奶孩子？

小花的心轰隆一声，有如古老的双塔被雷击穿，摇摇欲坠。

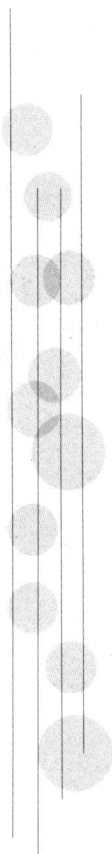

讨 伐

父亲是大款，他是乞丐，这关系就这么蹊跷。

他没工作，父亲让他在自己公司里做事，他不干，跑到五台山，云游了二年，穿一身灰色袈裟回来了；有时是肩上斜挎个布袋，布袋快拖在地面了。

他每年见父亲两次，一次是春，一次是秋。

春这次他是向父亲讨钱，秋这次也还是向父亲讨钱。讨钱的方式也特别，不张口，就站在父亲公司门口，也不进去，门卫一看到他穿着和尚服，斜搭着褐色背包，就禀报父亲，父亲就差人把钱送给他。他也不吭声，揣起钱就走，也不管多少，反正父亲不会给少，给一次总要几万。

这一走就是数个月，大约钱用完了，他就又回来了。

这次回来是落雪前，还是那样颜色的衣服，还是斜挎着背包，所不同的是夏装换成了冬装，灰色袈裟里面，穿着厚厚的毛衣毛裤。这一次也是要钱，也是不吭声，也是站在大门外，也是门卫去禀报父亲。

有时父亲情绪好了，会来到窗前看看他，看看他一米八几颀长的大个子，剃着光头，脸色紫红，目光散淡，站在雪花中。父亲的脸一直红到脖子根儿，心脏像吹起个皮球。

但是愤怒归愤怒，钱还是一分不少地给了他，一给就是三五万，十万八万不等。

细想父子的关系闹掰也不是没有因由。父亲是开石油企业的，有十五个很火的加油站遍布整个市区。南来北往的货车、客车、轿车都上他这里加油。每天的卖油量父亲自己都数不清。父亲是做买卖的能手，几经奋战，他的公司上市了，有了上市股，父亲的资金一路上扬，绿色持币一骑到底。

他本来是学金融的，四年的大学，让他明白父亲是怎么资金回笼的，他每天像个小学生，趴在父亲公司的财务账上，明白了许多事情，而这会儿他的个人问题，也像变幻不定的股票一样，处在真假阴线上。

起因是小青的妈妈炒股，小青是他的女朋友。小青的妈妈把头发烫成个鸡窝，肚子束得扁平，把家里的五十万全部买了 K 公司股票，而 K 公司正是他父亲的公司。

谁知这一跌跌得挺惨，不到半年的功夫，小青妈妈的五十万就被割肉出局，其实开始有横盘迹象时，他就告诉过小青，告诉她无论如何让她妈妈迅速收盘。可是小青的妈妈就是没听。

小青的妈妈为此跳楼了，小青也和他分道扬镳。

他不是吃不消分道扬镳，而是吃不消小青妈妈的无畏轻生。后来他知道，他父亲在这一局里挣了个透。那天，他把父亲逼到了墙角，举起了他心爱的蒙古刀，刀颤抖地接近父亲的心脏时，他还是没下得了手，是泪水把刀砸在了地上。

和父亲分手后，他开始寻找小青。小青这时已不知去向。

那一段寻找的路着实辛苦。那一段路程耗尽了他所有的体力和心智，他再也回不到从前父亲的羽翼下了。好在他遇到了五台山的方丈，方丈指引了他，收留了他。方丈告诉他，小青就在你心里，你走到哪里她跟你到哪里。

他信了。从此在心里揣着小青。

春起的时候他向父亲要的钱已经被他用光了，现在他想继续向父亲要钱。不过要过这一次，他就不打算再催逼父亲了。他算了一笔账，截至今日，他从父亲手里拿到的钱，总共53万。这53万中有50万是替小青母亲要的，她虽没有可能用这笔钱了，但也是父亲欠她的呀，自古欠债还钱呵。他把这账记在了父亲身上。

另外3万是他为父亲工作时，挣得的一年工资，一年工资5万，他没领，放在公司的财务处了。3万和5万比，还差两万。也就是说，父亲还差他两万元钱。那么这一次，他不多要，他就把他这两万要回来，就和父亲两清了。两清是什么，两清就什么联系也没有了，他就可以去更远的地方，去做另一个行程的事了。

十二月十五的夜晚，下着大雪，他出现在父亲公司的大门前。但是这一次门卫没有禀报。谁都知道，这个时候是父亲特别的时候，是父亲祭奠母亲的时候。母亲在他十五岁那年离世，致使父亲一直没找，每年的这一晚都把自己关在办公室里，闭了灯，和母亲独自对话。

他就是赶在这个时候来找父亲的。

雪越下越大了，是入冬以来的第一场雪，这样的雪下来就化了，停留不了多久，这样的雪会变成雨水，溶化在各个角落。他爱惜地把斜挎在身上的背包捧在怀里，又撩起袈裟用衣角包住它，他要保护它，像保护生命一样保护它，因为那里有一张很重要的账单，有每笔钱的明细，一笔一笔，笔笔有踪。他要交给父亲，55万凑满，那所"希望小学"工程就竣工了，这是他一生最快乐的事情。

生 死 劫

欢乐河钓鱼场，疤痕在钓鱼。疤痕是黑社会老大，瘦得一把骨头，蹲在河边，远看像一堆破烂的鱼网。七七把吕地带到他跟前，小声说了几句，退了下去，剩吕地一个人站在他身后。

这是第一课，每一个被绑架来的人都要到这里上第一课。

昨天吕地去郊外游玩，为追一只野兔而落单，落单后又迷路，迷路后又遇人相救，救他的人，就是这伙绑架他的人。那只兔子也在这伙人手中，吕地看到，那原来是一只惟妙惟肖的电动兔。

疤痕没有理吕地，他一声没吭，俨然跟前没人一样，他似不会呼吸，从背影看不出喘气的迹象，他安静地盯着鱼饵，鱼饵处水域极静，没有波痕，仿佛十年八年都不会有鱼出现。

吕地仔细观察这个人，骨瘦如柴，驼背，个子不高，穿着敞着怀的运动装，有袅袅的雾气从衣服里飘出来，一半飘到河上，一半飘到吕地的方向，好像告诉他，别急，等着他说话。可是一个小时过去了，吕地也没听到他说一句话。

吕地沉不住气了，闷声闷气吐出，我想回家。

这句话是个由头，好像打开了一个瓶塞，疤痕听后才动了动身体，把渔竿从水里拉出来，摘下一条一寸长的小鱼，把鱼饵重新放上，一用力甩在水里，才慢悠悠地说，来这里的人谁不想回家，可是谁也别想回家。

疤痕的声音非常好听，沉稳，磁性，和电影里配音演员的声音一样。

吕地的身体抖然生起一股凉气，似一块飞来的石头将他的心砸个正着，剧烈的疼痛河水一样拥来。疤痕继续他的磁性声音，这里有什么不好，来这里的人都能步入世上最美的天堂。吕地这一次没觉得他的声音好听，相反充满了恐怖与狰狞，让他想对着天空大哭一场。

疤痕觉出吕地的惶恐，他换了话题，他问吕地，动物中你喜欢什么？

提这样的问题疤痕是轻松的，是一个长者的姿态，但是吕地也还是没有心思回答他的话，吕地在想怎么能回家，怎么能回到学校，怎么能参加中考。疤痕不像吕地这么想，疤痕在等着他回答，他沉静地等着，好像如果吕地不回答，就得永远站在那。

吕地看出苗头，他咽了口唾沫，清清发涩的嗓子，不得不说了自己的想法，他说，我喜欢狼。他的话让疤痕一惊，他回了一下头，仅这一下头，吕地看到，他有一张狼一样的脸，狼一样的眼睛，凶狠异常。

疤痕问吕地，你喜欢它什么？吕地说，机智、勇敢，和舍弃弱小以求生存的态度。吕地的回答，疤痕很是满意，他的眼前出现一条雪青色的狼，后腿被铁夹几乎夹断，不能逃生，狼就狠狠地将其咬断，弃荒而逃，由此他觉得他绑架吕地，是正确的，他有决心把他打造成特殊的人。

疤痕继续钓鱼，他又恢复了沉静，如果不是他身上有雾气吐出，没人会想他是活人，叫他雕塑比较贴切。

他的沉默让吕地觉得他不会再对自己开口了，但是出乎预料，疤痕的声音又响了起来，而且极其果断与强硬。他说，可我不喜欢狼，我喜欢鹰。吕地弄不懂他为什么喜欢鹰，疤痕给了他答案。鹰能翱翔千里，又有一双慧眼，能把浩渺的天空一眼看穿，它不但是地上的卫士，还是天上的霸主，一生能活七十岁，仅次于人。

关于鹰吕地以前听人说过，但仅局限听说，没有探究。

吕地想了想说，鹰除非不飞，如飞则从不在地面起飞，不管它怎样爬不动，它都要爬上山顶，在山顶高飞。吕地的用意是想告诉疤痕，你绑架我就不太像鹰的品性。但他终归没敢去扣主题。

吕地的话让疤痕有了触动，不过表面没什么变化，他还在一心一意等鱼，秋日里鱼都躲进了深水，没有几条失控的鱼会贸然回到浅水，而疤痕就是在等这浅水之鱼。

鱼不来，疤痕的话来了，疤痕说，鹰能活七十岁不假，可是它活到四十岁时就老得不行了，喙也没有力气，脚趾抓不住猎物，羽毛也破败不堪，可它又不想完结，就飞到悬崖上去筑窝，在那里它要呆上150天，这150天对它来说是炼狱，它要在悬崖上把喙一下一下敲掉，然后等它长出新的来。喙长出后，它要用新喙把脚趾一根根拔掉，再等新脚趾长出来，等新脚趾长出来后，它还要把它凌乱的羽毛一根根拔掉，让新羽毛再一根根长出来。这样一个痛苦的过程，鹰才能活好它的后30年，才能重新做天空的霸主和地上的卫士。

　　疤痕说完这些没了声息，他也没要求吕地再说什么，他相信这一课吕地完全听懂了。吕地也确实听懂了。他看到自己像一只鹰，飞到了天宇深处，然后一遍一遍去敲自己的喙，一颗一颗去拔自己的脚趾，一根一根去拔自己的羽毛。可是有一点疤痕没有教给他，那就是在做这些之前，它会折断自己的翅膀，以阻止其飞往罪恶的深渊。

夜 下

天黑下来的时候，吉到小溪旁取水，小溪是人造溪，弯曲在两楼之间，四周是葳蕤的草木。

吉到这里来，都是拎着两只小红塑料桶，不大，比一般的桶小两倍，谁看都会觉得是玩具桶。但是没人看吉，吉都是晚上九点钟以后，散步的人都回去了，小区里静谧下来，她才拎着这两只"小红伙伴"，穿一袭白色长裙，出现在小溪旁。吉蹲在溪边，蹲很久，看水里的星星，然后取两桶水，拎到自家的楼前，在一片公共草坪深处，在她家居住的这个单元的窗子底下，做起她的事情。

吉在草坪里种花。小区有规定，不许开垦园田，不许私自种植，吉就只有偷偷地种植这些花。这些花在一片樱桃树的遮蔽下，像婴儿裹在小被里一样，不易被人发现。雨季的时候葱茏茂盛，干旱的时候，吉也没让它们枯萎。

这些花就都像懂事一样和吉很亲，吉一来它们就放香，就摆动着脑袋和吉亲昵。它们都有名字，却又都不叫它们的本名，比如步登高，吉不叫它步登高，吉管它叫小号，比如土豆花，吉也不叫它土豆花，吉管它纪栋梁。纪栋梁就是吉的父亲，它在众多的花朵中，开花最大，最肥厚，也最色彩艳丽，吉有时会偷偷地在心里叫一声，爸爸，你真棒！

吉的爸爸在外做官，常年不回家，吉知道，爸爸在外面有了家。但是吉不怪爸爸，相反她认为爸爸找到了生路。

小号是吉的男朋友。但吉也从没想过和他结婚。吉的心中，结婚就是家，家就是爸和妈。吉的爸和妈关系不好，妈的官做得比爸还大，只是犯了毛病，被革职后，就再也做不过爸了，但是她恨爸，爸在她眼里的毛病，就像刷牙时的牙膏沫，每每都挂在嘴边。

吉种了这么多花，却有一种是最不能公开的，就是罂粟花，她种的罂粟花各色都有，花开后，小脑袋圆圆地举起，过几日越来越大，把茎竿都压弯了。吉很喜欢它们，不愿和母亲共度夜晚时，她会一个人出来，来到它们身边，一个个欣赏它们的姿容，和它们对话。

有一朵罂粟花很不伦不类，它开着黑花，黑色的花碰不得，好像一碰就会把手指和衣服染黑，吉不知它是变异，还是它本来就这样。黑色的罂粟花吉管它叫陆曼，陆曼就是吉的妈妈，每日把一切过错都推到别人身上的陆曼。每逢见到这个黑陆曼，吉都狠狠地瞪它两眼，而它却不顾这些，长势十分健壮。

如果只是长势好吉也不是容不下它，关键是它长到了那几株土豆花跟前，长到了纪栋梁跟前，当时播种时，吉没有把它们种在一起，生长后，不知怎么就挨得如此密切，这样的排列成了吉的心病。

小号做了几个好菜，请吉去他家吃晚饭。

席间吉问小号，知不知道花在盛开的时候能移植吗？小号觉得这想法很怪异，就问，非移植不可吗？吉说，非移植不可，如果不移植其他的花就会受牵连。吉常常有这种不辨真假的想法，似梦非梦，小号已经深深掌握了她的习性，尽量依她，仿佛他就是为吉这些不着边的想法而活着。就对吉说，能的，但要连着它的土层，多带些土，不露根，就不会影响它的存活。吉于是把自己厌恶黑罂粟的想法对小号说了，吉说，我觉得它是我妈，我不能让它再统领花群。小号说，那你把它拔掉不就完了吗？吉说，不可，她怎么也是我妈呀。小号看到，吉的眼里出现了漫天的大雾。

这天晚上小号陪着吉，拿着小号家做饭用的锅铲，来到吉的花圃，路上吉说，这个花圃，是我的乐园，它收纳我很多次心灵的放逐，你知道吗？小号说，我懂，我因为懂，才一定帮你做好这次的移植。

灯不是很亮，都是在树丛里昏睡，却也刚好能看见那支怒放的黑罂粟，小号初看到它时，心里颤了一下，他理解了吉，理解了吉的全部。在接下来的地形分析中，他把自己的想法告诉了吉。小号说，移植没有问题，保证它成活也没问题，就是它离你的这支红色花太近了，如它活，这红色花就得死，如想让这棵红色花活，不保证黑罂粟能活。

红色花叫美人鱼，它正开放着，三只喇叭形的花朵，鼓足了劲向着天空，吉也给它起过名字，叫吉，叫自己。现在看如果保证黑罂粟不被损害，美人鱼必定付出代价。吉思忖着，心里很悲伤，但也仅仅是一瞬，她就对小号说，没问题，移植吧，移植我爸就有好日子过了。

吉的话，让小号觉得有一种东西在吉的心里埋藏太久，它们锈迹斑斑，很难辨认，但是他有足够的信心，把吉领到阳光处。他想，吉这样优秀的女孩，不该有那么多心理负担，岁月的风尘，应该像柳絮一样，在她心里悄然飞走。

移植很顺利，土层很松软。一点没损坏黑罂粟的根须，当看到黑罂粟离开了土豆花，在另一个地点迎风摇曳，吉的脸上，已泪珠扑面。

神秘护送

钟庄战役失败以后，首长在一个废弃的火车站接见了他。作为间谍，他心里很不舒服，这地方离敌战区太近，而且四面没有遮蔽，敌人的流弹说过来就过来。

他来时首长和属下已经到了，一行十几人，岗哨已经布下。

他走过来，从一个小山丘上走过来。他来是接受惩罚的，钟庄损失一个团的兵力，责任根源在他。是他的情报不准，白白搭上一千名兄弟。

他站在首长喷出的烟雾中，想说什么无法张口。

首长见他不吭声，就把最后一节烟扔掉，踩上一脚后说，从今天起，你终止间谍活动，回去做平民吧。说完手一挥，一个随从把一张火车票递给他。他还没反应过来，首长和警卫已经走了。

第二天，天蒙蒙亮，他出现在火车站。此时他已是平民装扮。手里拎着皮箱，头戴破旧礼帽。他此次回老家是准备教书的。教书是好事，他也有足够能力胜任，可是间谍却从此与他无缘了。这次情报失真主要怨小莹，他和小莹是恋人，小莹是机要员，他为了窃取情报和小莹关系火热，但他怎么也没想到小莹会给他假情报。

火车鸣笛时他坐在了自己的座位上，早上四点的火车人很少，这是首长精明的安排；战争年代外出的人不多，坐得起火车的人也不多。他对面的长凳上还有两个空位，只有一位女人抱着睡熟的孩子，一个人占了三个座。

小莹曾说要给他生个孩子。但是这次离别他没有告诉她。昨晚小莹很晚才从他住处回去，走时搂着他的脖子说要和他结婚，可是他再也提不起兴致了，他想起那死去的一千名兄弟。

女人怀里的孩子醒了，她一醒就大哭。女人一边哄她，一边从包里掏出一个纸包，纸包里是蛋糕，她放在小桌上，从中取出一块喂孩子。孩子不买账，仍旧哭，她就不得不站起来，抱孩子在过道上走走晃晃。

女人离开座位时，他无意中扫了一眼小桌。仅这一眼，就像鹰遇上了老鼠，他的眼睛就不动地方了。他看出了问题，看到包蛋糕的纸，是他熟悉的军统内部的办公用笺，上面浸着油渍，他看不清上面有没有字，但心里却为之一振。

小莹也常把这样的纸张拿到他的寝室，有时买吃的，也用它包，眼前这张纸，让他又看到了小莹，把一包猪头肉或鸡翅展开来同他喝酒。

女人抱着孩子回来时，看他盯着蛋糕看，就说，大哥，你帮我包一下，看风干了。他抬起头，看到孩子睡在女人怀里，女人腾不出手，就伸手把蛋糕包好，将开口向下扣在小桌上。女人说，多谢大哥，出门在外不容易呵。

他见女人开口说话，也问了句，出远门？女人说，回娘家，没办法，离得太远了。他说，你丈夫不陪你？女人说他太忙呵。说完和孩子一起迷糊起来。

他不好多问，也闭上眼睛，不过他可没睡。女人包蛋糕的纸让他一点睡意没有，他的职业敏感泛滥上来，他想，女人的丈夫是谁呢？她从哪搞到这样的纸张？女人若能搞到这样的纸，那离绝密内容还有多远呢？

女人并没有睡实，孩子又把她闹醒了，这回是孩子屙在了她身上。

女人忙向他求救，大哥，麻烦你把兜子里的纸拿给我。真是天赐良机。他忙站起身帮女人的忙。他从兜子底端拽出一叠和包蛋糕一样的纸，看到这纸时他又惊又喜，故意说，小孩子用这纸太硬一些，你怎么不准备点软纸？女人边擦边说，这已经很不错了，每天去那里捡一点，捡一个月就够用一年的了。他问，去哪捡？女人回答，我们那里的垃圾场，那里通常都有这样的好纸哎。

听了女人的话，他的心像球撞在了篮板上，起身去了厕所。到了里边他并没有小解，而是掏出一支烟吸了起来。他的思路开始噼噼啪啪地闪烁。垃圾场和下水道，这两朵火花汇集在一起时，他兴奋得就像怀恩的羔羊，恨不得从窗口跳到广阔的平原上。他想起他每晚去接小莹时，小莹都在把一些废纸倒进下水道，用急水冲走。小莹做得非常仔细，唯恐漏掉一个数据，甚至他要帮她做一做她都不让。小莹把自己关在办公室里，让他在走廊等，等那抽水马桶的声音像江水拍岸一样，一次次响起，又一次次熄落。

而现在灵感告诉他，小莹的做法并不是万无一失。

他去厕所时，女人抱着孩子拎着包走了，桌上的蛋糕没有带。那上面的纸被窗口的风吹得一掀一掀的，像一只抖动翅膀欲要起飞的白蝴蝶。女人知道，一会儿眼前这个男人回来，准会代她捉住它。白蝴蝶一旦进入他的怀抱，一朵鲜艳的花肯定就开放了；那一千名兄弟的生命，就能血债要用血来还了。

一想到这，女人深深地亲了一下怀里的孩子。

精　神

　　暑假回家，我和妈妈的矛盾已经到了白热化程度，妈妈让我做的事我一件也不想做。用她的话说，我在逆反，青春期逼的。

　　青春期确实是个害人的时期，我总是心烦，身体里有个鬼，鬼总拿着支小火把，到处点，仿佛我是个火柴盒，它一擦就着，我甚至能闻到我身上的焦糊味。

　　这一天，妈妈让我去补习，她的意思是，利用暑假时间，把立体几何再学一遍，她知道我这一科极差，而我的想法是，休息一下，换换脑筋，我的脑袋里，早让一盆糨糊糊住了，妈妈再一唠叨，就像贴上一圈小广告。

　　我决意背叛她的嘱托，就约了几个同学去一家麻将馆打牌，麻将馆都是中老年人，只有我们一伙中学生。我们也不打麻将，只打牌，斗地主，从上午十点开始，一直酣战到晚上九点，胃里搅搅拉拉地难受了，才猛醒，一天没吃东西了，该回家了。

　　由于走得匆忙，也由于饿，回到家我才发现，把上衣落在麻将馆了，上衣不是值钱的上衣，丢了也行，可是兜里有我一个钱夹，钱夹里有五百元钱，是这学期在学校省出来的饭费，本是想给我妈买补品的，她总是心悸，但一看到她那样，烦了，让钱沉睡。

　　我平时最恨我妈的是，我什么事都瞒不过她的眼睛，对我，她就像雷达监视器，步步跟踪，什么都知道。果然这会儿，她盯着我看了半天，忽然顿悟，说，你的衣服，怎么不见了？我见躲不过她，就说，落在麻将馆了。谁想她一听，立马坐了起来，好像衣服是一件金衣服，她急吼吼地说，衣服丢了，还不去找，你们家开服装店啊？

　　她不这么说还好，一这么说，我就来了脾气，我也一样敞开嗓门儿对她吼，丢了就丢了，丢了还会找回来，小偷听你的？我妈见我强硬，摸起扫炕笤帚打了过来，我一把将笤帚接住，想把它撤回去，终究没敢，但我的话却

狠了起来，我告诉妈妈，我不但丢了衣服，里面还有五百元钱呢。

我妈一听这话，顿时捂起了胸口，我讨厌她这副病恹恹的样子，就掉头回了自己的房间，躺在床上我想，不是我不去找，是我去了也没用，衣服里没钱还好，有了钱，谁还会把衣服还回去？

我正想着，一个大黑影罩住了我，吓了我一跳，一看是我妈站在了门口，她立眉瞪眼，问我到底去不去，她说，事没到最终不能死心。我回道，我看你是死心眼，事出来你都不知道，非得事过去你才能明白。我妈说，你聪明，你聪明你就给我考上大学，别动不动这也不会那也不会。

我妈揭我的老底，让我无地自容。我一跃而起，抓起背包，往里装东西，是我的充电器，MP4，课本等，我决定回学校，远离她的聒噪。我妈看我这样，也做了让步，没再理我，一个人出去了。

她走后，剩我自己，屋子里一下子静了起来，这让我很心虚，我兜里没一分钱，拿什么走，再说，我走也是给她看，她不在我走还有什么意思。想想，放下背包，打开电脑，想找个懂我心的人聊天，但是 QQ 上没有小苹。

小苹是我初中同学，没有念高中，自己开了个成衣店，没想到效益越来越好，什么衣服都会裁，什么衣服都会做，有时还给我们家宠物狗做衣服。如果今天我妈不走而是我走，走投无路之际，我还真得去小苹那里借钱。

刚玩了两局五子棋，小苹的头像跳了出来。小苹向我做个鬼脸，然后说，我看见你妈了。

我问，在哪？

小红说，在麻将馆。

我说，你也去那里？

她回答，去找我爸。

找到了？

当然。

找到就好好睡觉，上来做什么？

我觉得你妈那人挺好。

哪好？

人长得好，还有进取意识。

不会吧，我妈是个卖菜的，能卖好菜就不差啥了，谈什么进取意识。

小苹说，你妈让我感动，她去找你的衣服，你的衣服里有钱，谁知道兜里有钱都不会去找，因为没有希望，你妈能在没有希望的时候找到希望。

那是她小抠儿。

不，她不小抠儿，她找到你的衣服时，从里面拿出一百元，把所有去玩的人占场费付了。

我机警起来，她想干什么？

小苹说，老板娘把衣服保管起来，你妈去找就给了你妈，钱原封未动。

这好理解，她不知道里面有钱啊。

不，她知道，她先让你妈说数，数对了，她才给的。

我一块石头落地，但心里却有说不出的滋味。

小苹说，你猜你妈为什么不谢老板娘而付占场费？你妈说，为了让大家记住这件事，记住这间屋子，记住这颗心。

我无法回答小苹，却又不想冷场，就打出几个字狡辩。可是这和进取意识有什么关系？

小苹说，关系大了。你妈找到钱，其实是找到个真理，什么事都不要轻易绝望，什么事都没有那么糟糕。先前我们都知道这个理论，可是我们都不会像你妈那样一往无前。

放在床头的手机响了，是报点音乐，可是我还是站起身走了过去，我假意有人来了电话，以避免和小苹的继续谈话。

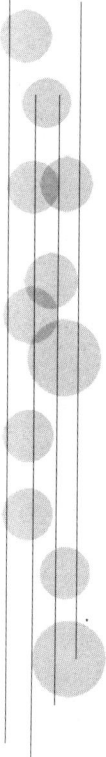

天上的星星你最亮

从好再来酒馆出来，谷稗子喝得几乎不省人事，走路趔趔趄趄，一路扭秧歌，西北风一吹，慌不择路，手扶一根电线杆，翻江倒海地吐了起来。

吐后才发现，他把一腔污秽，都吐在了脚下的一个樱桃筐里，筐旁坐着一个女人，正吃烧饼，吃惊地看着他，看着看着眼里汪起了泪。

谷稗子知道自己惹了祸，抹着嘴巴，挑着睁不开的眼皮，不耐烦道，哭哭哭，就知道哭，不就一筐樱桃吗，又不能买汽车，又不能买嫁妆，有什么了得？说着想走，女人一把拉住他的裤角。女人说，你不能走，你得赔我，这是用来丧葬的钱。

丧葬？谷稗子停下了，他说，你以为是小猫小狗啊，一筐樱桃够丧葬？骗谁呢？又想走。女人见拉不住他，哭出了声，大街上已有行人向这里频频观望。谷稗子摸了摸兜，没有钱，钱都让他买酒喝了，但看到女人拼死拼活的样儿，他的酒醒了一半，觉得是有愧于人家，口气就软了下来，说，那你等着啊，我去前边的取款机给你取款。

他在前边手舞足蹈地走，女人在后面跟着，却没忘记拎着她那大半筐樱桃，谷稗子听到脚步声，回过头看，说，你丢不丢人啊，怎么跟得这么紧呀，弄不好，别人寻思我拐骗你哪。女人没听他的，依旧拎着樱桃，依旧抹着泪，依旧跟着这个醉鬼。

取款机是户外的，谷稗子站在它前面，往里放卡，放里吐出来，又放里又吐出来，谷稗子就说，让你跑，让你跑，让你跟野男人跑。谷稗子的话当用了，那卡再也不吐了，过一会儿，一张钱出来了，百元大钞。

谷稗子拿着钱，对女人说，没有小的了，这是最小的，最大的是一千的，你没见过，最小的买你这筐樱桃我也亏呀。说着把一张钱一撕两半，给女人一半，自己揣起一半。走出好几步了，回头对女人说，要想要另一半，给我送去一筐。谷稗子抬手指着不远处的小区，2栋2单元202室，全是2。又拍拍胸脯说，我也是二，记住了吧？

这是奇遇。旁边看热闹的人也都觉得这是奇遇。

但是还有一桩事比这还奇，奇得谷稗子自己都目瞪口呆。

这要从谷稗子的家庭说起。谷稗子离婚了，媳妇有了外遇，离婚时女儿归了他，谷稗子从法院把女儿抱回时，女儿是熟睡的，老老实实贴着谷稗子的胸脯，温顺得像个听话的小猫，可是醒来就不一样了，由小猫变成老虎，对谷稗子又蹬又挠，又撕又咬，俨然他不是爸爸，是陌生人，任谷稗子怎么哄，怎么吓唬，哭声就是一浪比一浪高。

女人就是这一刻迈进2栋2单元202室的，她是来给谷稗子送樱桃，断不是去要他那一半钱的，有人告诉她，一半钱到银行也能换五十元，而她那樱桃也就值三十元，女人实在，不想占别人便宜，就决定再给他送一筐。

那天所有的门对女人都是敞开的，小区的刷卡门临时出了故障，女人一拉就开了；单元门不知是谁用砖头掩上，驱赶楼道里的潮湿味；谷稗子家的防盗门也开着，他愤怒地指着门外，对大哭不止的女儿吼，你走，有本事自己走，找你那死妈去！

谷稗子的话音刚落，抬着的手还没放下来，一筐红樱桃像太阳一样出现了，再一看是女人挎着篮子站在门外看着他发愣，也许是红樱桃吸引了女儿，也许是女人温和的态度吸引的女儿，女儿也停止了哭泣，也看着门外的女人。那天女人穿着件深蓝色带白色小花的短袖衫，樱桃四周露着嫩嫩的绿草，站在门外，像刚从地里长出来的庄稼一样新鲜。

女人没有进屋，她只迈进一只脚，脚踩在踏垫上，最大限度地把篮子放进谷稗子的房厅，其实是放在满脸鼻涕泪的女儿面前，对谷稗子说，给孩子洗点吧，小孩子最爱吃这个了。说完，退出门，转身下楼，可她还没迈下两级台阶，屋中的孩子又哇地一声大哭起来，且比刚才哭得更厉害了，谷稗子见状，忽然歇斯底里地奔向门口，向着女人吼道，你走什么？能来就别走，你想让她哭死啊？

谷稗子不讲理了，他愤怒了，他被哭声不止的孩子弄得失掉了理智。

女人听了他的话停下了，只迟疑一下，就又回到了谷稗子家的门前，孩子见到她果然不哭了，她望着女人片刻，忽然张开小手，向女人颤颤着奔来。女人顾不得换鞋，走进来，抱起她，为她擦泪，并在她的小脸上亲了一口，再抬头看谷稗子时，发现这个男人坐在沙发上，双手捂着脸，正委屈地掉泪呢。

女人想，早知这样，不如给那死鬼烧完七期再过来，这我可怎么走哇？

孩子这会儿破涕而笑，用她细细的手指去摸女人衣服上的小花，蓝底白花，她摸得很仔细，数星星一样，像是要把它们一颗颗摘下来。

纪　念

热炕在去西兰的路上，热炕是一家路边酒店。

阿卡把车开到这里时，四野无人。车上坐着市委的蓝书记。蓝书记说，阿卡，停车做什么？阿卡说，车坏了，请蓝书记到热炕小坐，我一会儿就修好。

阿卡把蓝书记交给老板娘后，让她给蓝书记上最好的茶，就去外面修车了。

到了车里，阿卡并没有修车，确切地说，阿卡的车并没有出故障，阿卡只是想利用这个时间和地点做点自己的事情。

阿卡的情绪坏透了，上午他送蓝书记到会场，一个人去了男科医院，到那里阿卡是去检查能不能"生育"。阿卡不能生育两年前就定论了，可是偏偏妻子在近期怀了孕，阿卡不相信这孩子是自己的，因为阿卡的精子都是些没有生命的小蝌蚪。

到医院做检查的结果是，小蝌蚪们依旧在沉睡，而且一点生还的迹象也没有，甚至以后也没有希望复活了。阿卡拿着诊断在病室的门口坐了很久，他想问问医生，你是什么庸医，死蝌蚪我妻子怎么会怀孕？

可是阿卡由于走神，医生下班了他都不知道，他的眼睛睁得大大的，却是一个人都看不见，他的脑子里都是妻子小妙的形象。小妙小他五岁，他一直拿小妙当妹妹看待。他爱她，爱得要死，就差没把小妙当块糖在嘴里含着。

而小妙对阿卡却没像阿卡爱她，但是阿卡吸引小妙的地方也足够多。这就是阿卡有钱，阿卡有一个在台湾的舅舅，舅舅去世后，阿卡继承了遗产，只因扔不下父母没去台湾定居。

小妙对阿卡的钟情大都来自这里，因此阿卡对小妙来说，重要的程度不亚于一个金矿。虽然这样，小妙的精神需求还是很匮乏，她心里总揣着个人，

那是她婚前的恋人，按她的初衷就是嫁给那个人，可是那个人太穷了，小妙的妈妈就生生地把他们拆散了。

又一次起死回生是在两个月前，他们同学聚会，小妙去酒店看他，他已经出落成一个公司的助理，再也不像以前那样破衣烂衫了。

旧友相逢一切都可想而知。

但是阿卡的不孕却是谁也不知道的，小妙更不知道。当小妙把自己怀孕的事告诉阿卡时，阿卡心里的苦水一下子漫到了脖颈，如果小妙和他坦诚相告孩子是别人的，阿卡也会原谅她，可是小妙当时的态度是心花怒放，她灿烂无比的笑脸，简直就如同怀了阿卡的孩子。

阿卡的心顿时凉了，他什么都明白了，他人生绽放得最美的花朵瞬间枯萎了，去医院做检查是他想进一步证明自己的判断。

现在阿卡坐在车里，他绝望透顶，他想打几个电话，这几个电话是他对人生最后的一抹眷恋。处理完这些，他将了无牵挂。

第一个电话，阿卡是打给好友黄奇的。黄奇和阿卡在一个车队，都是小车司机。阿卡告诉黄奇，他的车在一百公里处的热炕抛锚，让他立即前来接蓝书记回去。黄奇打趣道，老头子还有心思去热炕？不怕烫了身子？阿卡制止了黄奇，让他不许瞎说，是自己送蓝书记到那里小坐。

第二个电话，阿卡是打给他父亲的，阿卡的母亲体弱多病，阿卡的父亲身体强壮，阿卡认为父亲什么都可以承担。阿卡对父亲说，"老家的米"，密码是你的生日，记住了吧爸爸。阿卡的父亲说，你又搞什么鬼，又不是坐飞机。在阿卡父亲的眼里，只有坐飞机才会把"老家的米"交付给他，那是父子俩对存款单的共同密语。阿卡说，真是坐飞机啊，父亲一定要记住这个。阿卡的父亲说，好好好，我记住了，儿大不由爹啊。

第三个电话阿卡打给了小妙。这个电话阿卡犹豫了好一会儿，最后还是按响了通话键。小妙的声音马上传了过来，她欢天喜地，阿卡，你在哪？要不要我去接你，告诉你啊，我们的孩子会动了，医生说，来年的这个时候，他就会喊爸爸了。

阿卡听了，痛苦地闭了闭眼睛，良久都没有透出胸口那股气儿。

但是阿卡还是回答了小妙，他尽力把自己的声音放稳放平，和平时没什么两样。他说，孩子出生后，就叫"纪念"吧，就说是爸爸送他（她）的礼物。阿卡说完，把手机扔向了窗外。

可就在他踩下油门那一刻，他发现那个叫纪念的孩子跟来了，就好像阿

卡给她起了这个名字她一下子活了过来，并且瞬间长大。她穿着粉色的衣服，扎着粉色的蝴蝶结，张着手臂，眼看就要扑入阿卡的怀抱。阿卡想，我怎么会认你呢，我又不是你的爸爸。

阿卡的车子依旧前行，奔向远处那片事先想好的空茫，那里隐藏着一个悬崖，飞下悬崖，阿卡在人世的烦恼就都不见了。可就在阿卡鹰一样向那里射去时，他听到，漫山遍野响起呼唤他的声音，是那个叫纪念的粉衣女孩，热切而稚嫩的童音响彻山谷。

爸爸，爸爸，爸爸——

阿卡愣住了，车子戛然而止，这才发现，自己已在悬崖边上，车子只要偏一偏肩膀，他就永远见不到那个纪念了。

阿卡伏在方向盘上，好久都没动一动，他决定和纪念一起回家。

洗　澡

学校有两个澡堂，两个澡堂一墙之隔，早晨六点到八点是男生，下午六点到八点是女生，老师在小一点的澡堂，学生在大一点的澡堂，每次洗澡五个人，不得超过十五分钟，这样的设施已经比其他学校强多了。

我和小打糕这天早上早早起来，准备去洗澡，我们俩一个寝室，小打糕是我最好的朋友。不久前我们俩曾做了一件大事，把邻班的周吹皮给揍了一顿，周吹皮总是牛，我和小打糕都烦他，说他是杀猪时的吹猪匠。

吹猪匠在我们村是一景，杀猪时往猪喉咙处捅一刀，猪死后在后腿割个口，把铁条伸进去一阵乱捅，全身捅个遍后就吹气，直到把猪吹成一个大圆球，再抬上灶台，往猪身上浇开水，用刮刀刷刷往下刮毛，毛掉了，猪皮就白白亮亮了。

周吹皮的光荣称号，就是这么得来的。

周吹皮挨了打，他不敢吭声，吭声我们还揍他，他就只有带着满脸的血痕回班级了。周吹皮不吭声，他的老师不让了，找到我们老师，非要把我和小打糕交给他处理。我们老师当然不会把自己的学生交给别的老师，但又不能不依着周吹皮的老师，就把我和小打糕叫到他们办公室，让我们俩像钉子一样立在他俩办公桌之间的过道上。

我和小打糕一站就是一上午，期间有批评、开导、反省、质问，这些都由周吹皮的老师来完成，我们老师则低头批改作业，一声不吭，连看我们一眼都不看，俨然我们不在他跟前，抑或不是他的学生。

时间持续到了吃中饭，周吹皮的老师一点也没有放我们走的意思，他自己被我们俩气得也不想吃了，眼看着就过了饭时，我们老师才放下手中的笔，对周吹皮的老师说，别生气了，中午我请你。然后又对我和小打糕说，赶快吃饭去，下午的课程我当加倍罚你们。

我和小打糕被特赦，撒丫子开溜了，我们像两只饿虎扑进食堂。

可是事情并没有完结，而且超出了我们的想象，虽然周吹皮的老师没再批评我们，可是一到他的数学课，我们俩就遭了殃，他总是捡我们俩不会的

提问我们。我们答不上，就得站着听别人答，别人答过了，坐下了，我们也不能坐，直直的麦秆一样戳到下课。

这天班级集体劳动，去给五保户丁奶奶家收麦子，我们班和周吹皮的班刚好挨着，我和小打糕趁人不备，把周吹皮按在麦地里，佯装要揍他，周吹皮早吓得尿了裤子。小打糕对周吹皮说，回去和你们老师说，我们仨成好朋友了，让他不能再让我们站着听课了。周吹皮满口答应，并发誓如他不说，就天打五雷轰。

我忙制止周吹皮，让他不能这么说，而是告诉他们老师，我和小打糕每天放学都为他补课，和他结成献爱心对子了。周吹皮忙向我保证，不说是小狗他爹。

周吹皮说没说，我们不知道，反正那以后周吹皮的老师对我们好一些了，上课不罚我们站了，我们答不上的问题，他会先给我们一个正确答案，然后细致地给我们讲其中的道理，他这样，我们也不得不对周吹皮好一点了。

由于割了一天的麦子，我们出了一身的臭汗，身上的泥巴一搓就像饭粒一样往下掉，好不容易熬了一夜，第二天天刚亮我和小打糕就站在了澡堂前，澡堂的门一开，我们以最快的速度嗖地钻了进去。

和我们一同进入洗澡间的还有我们班其他三名同学，我们一人占了一个水龙头，像五条小白龙嬉闹着互相往身上撩水。水花飞溅夹杂着我们欢快的笑声，忽然一个同学嘬起嘴唇，做了个禁止说话的动作，他告诉我们，周吹皮的老师和我们老师在另一个洗澡间。

我们一起竖起耳朵，想听听声音，验证一下虚实，果然听到了模模糊糊的说话声，为了准确起见，我们五个同时关了水笼头，赤条条立在那屏住呼吸，这一回说话声不再模糊了，很清晰，确实是我们老师和周吹皮的老师。

他们一边洗澡一边说话。

就听周吹皮的老师说，你班那两个捣蛋鬼变好了，居然和我们班周抗结了爱心对子，用放学时间给周抗补课，周抗现在比以前学习好了。周抗就是周吹皮，鬼才知道他怎么有个这么好听的名字。

我们老师说，这他们倒没和我说，不过我相信他们会一天比一天见出息，就跟小树似的，平时疏忽，不一定经营过来，可是冷丁一回头，它们比原来长高了一头。

水声哗哗，我和小打糕都打了个愣。

不知谁首先打开了水龙头，接着我们一个一个全都打开了，水流山泉般唱着歌直泻下来，流在我们脸上身上，温暖而舒畅，我和小打糕不约而同加快了速度，我们想快点洗完，然后好去找周吹皮，和他结成爱心对子。

支 撑

　　王边玲站在采血室门口大哭，她带来的父亲的血不见了。好不容易说动医生给父亲验一下白细胞，又好不容易请来护士给父亲抽了一管乌黑的血，现在却像被人摸了钱夹，不见踪影了。

　　王边玲明明记着自己把血放在背包里了，走在天寒地冻的路上还想让血靠紧点自己，别冻了。路像镜面一样滑，她踩在冰面上，迈着小步，弯着腰，仔细查看路面，时刻提防自己别跌倒，别摔破那个盛血的小玻璃瓶，没想到这么呵护，它还是不翼而飞。

　　王边玲的哭声吸引了验血的女护士，她说，你别急，慢慢找，一点点找。王边玲就每个兜口都找，包括里侧的小兜也翻了个遍，结果都没有。绝望的王边玲得到这个答案，泪水就像山坡上的急雨，把自己冲得一下子坐在地上。

　　王边玲的父亲得的是脑血栓，去街里买菜时被一辆奥迪撞了一下，人倒了，车跑了，王边玲的父亲勉强爬起身，不得不一步一挪回了家。王边玲给父亲治了一个月的腿，却没想到通一通血管，结果越治越站不起来，直到有天晚上父亲起夜，从床上掉在地上，便再也起不来了。

　　医院诊断，父亲是脑血栓，却过了最好的溶栓时间。

　　事情都是屋漏偏逢连夜雨，七十五岁的父亲知道自己濒临绝境，急火攻心，得了肺炎，加之终日躺在床上不能动，又肺积水，两下一合并，高热不退，到了第十天，刚见稳定，医院下逐客令，让出院，免得二度感染，病房里已经有二度感染的病人了。

　　王边玲只有和父亲回到家中，每天坚持点滴，日子便像遭了霜打，再也挺不起腰身。

　　父亲白天不烧，晚上烧，就像定好了点，夜里一点钟，人便哆嗦起来，就得用退烧药和退热栓，每次折腾过后，父亲都大汗淋漓，人虚脱了一般。

　　做血常规，看白细胞多少，成了当务之急。但各大医院做这项化验，都得病人亲自到场采血，由家属带来万般不行，更没有医生出诊，可是父亲瘫

了，无法抬着上楼下楼，外面又冷，折腾不起，王边玲跑了五六家医院，苦口婆心，低声哀求，终于有一位医生被王边玲感动了，决定给做化验，但需要王边玲自己找人采血。

可能是过于专注了，也可能是太忙乱了，也可能是王边玲几个通宵没睡觉了，才出现丢了采血管的事。

王边玲边哭边给母亲打电话，她说，妈呀，都是你，非让我吃早饭，哪还有心思吃饭呀，你看让你闹的，父亲的血被我生生搞丢了。

母亲那头很惊讶，说，你都两天没吃饭了，吃一点没错呀，你别急，我找一找，不会是掉在家里了吧。王边玲没有等母亲说完，就把手机撂了，她知道母亲是找不到的，她明明是装在兜子里了，怎么会在家里找到。

王边玲继续抹眼泪，多少日的疲劳和哀痛一起袭了上来。她的哭惊动了医院走廊里来采血的病人，他们都穿着医院统一的白蓝格子病服，都由家人搀着，露出一只胳膊等着采血。有一位老人，看到王边玲哭得伤心，就走过来，他明显也是患了脑血栓的病人，走路不稳，口眼位置不正，但他比王边玲父亲恢复得好，自己能走路，虽拖着一条腿，也还是给人一线希望。

他来到王边玲面前，用不清楚的口齿对王边玲说，不要哭了，姑娘，你是丢了钱吧，丢了钱可以再挣，哭坏身体就挣不来了。

王边玲抬起头，她很想对老人说，哪是钱那么简单，这世界就是钱最没用，我走了五家医院，没一个愿意收我钱的，没一个愿意给父亲做血项的。可是面对这样一位病老人，一个和父亲得了一样病的脑血栓患者，王边玲只有欲言又止。

这时跟过来的老人的儿子对老人说，你别操心了，她丢的不是钱，是血，你帮不上忙，回吧。就拉着老人的胳膊，企图把他拉到排号的凳子上。

老人想不走，不离开王边玲，但是他拗不过儿子，窗口那边又叫到他的号了，他就小声对王边玲说，姑娘，你别急，一会抽血时，我多抽一管给你，这世上没有解决不了的问题。

老人的话，让王边玲哭笑不得，愣神的工夫，她看到老人进了采血室，一会儿里面传出了争执声，王边玲明白，是老人在坚持多采一管血。

受了感动的王边玲，心情忽然平静下来，她开始仔细查找，把自己背包里的东西一样一样都拿出来，摆在地上，一个角落一个角落地找，都找遍没有时，她一下子看到了侧兜，她的兜子外侧的两个堵头还有两个小兜，她拉开拉链，一伸手，果然在，王边玲喜出望外，她仿佛拥抱了父亲，温暖一下子填满了内心。

采血室的那位老人，还在伸着胳膊，两眼通红地和医生吵，他要为那个姑娘多采一管血，他说，那个孩子哭得多可怜呀，你们就不动一动心？

清　官

　　一直都没有人给县长毕谷送礼，都说他像人手掌上的虎口，深深地闭起就再无人能打开。

　　冷一就这样认为。

　　冷一往毕谷家沙发上一坐，人一下子陷在里面。冷一说，你这也叫沙发，在美国早扔废物市场了，明天我给你弄一套。

　　毕谷也没说不要。这主要是他心里有底，一会儿冷一提出条件他不答应，他说的沙发也就是一阵飘过的风，风过后一切归于平静。事情正像毕谷想的那样，冷一真就说了他想批生育指标的事，毕谷也真就没客气地说不符合条件，那么沙发的事也真就成为泡影了。

　　说来这都是十几年前的事了。现在毕谷作为清官已经升官了，被提拔为管文教卫生的副县长。官位一变，管辖的面儿也自然大了起来。

　　有一天一个女人哭着找到他，说她的孩子被妇产医院点滴点死了。毕谷说那你找医院领导，他们熟悉情况会给你马上解决。说着想给医院领导打电话。女人说，你不用打了，我都找了，他们说孩子原来有病，孩子就是小感冒，去时好好的，刚扎上没十分钟就死了。毕谷说有这事？女人说不信你出去看，孩子他爸抱着在大门口呢，全身都黄了。

　　毕谷听了二话没说，跟着女人出了办公室。到大门口一看，果真一个男人怀里抱着一个六七岁的女孩站在大门口，周围围满了人。

　　毕谷当时就用手机通知医院，让他们速把尸体拉回去，重新处理这件事。孩子是拉回了医院，可处理成了难题，原来是实习护士弄错了药造成了医疗事故。

　　其实这也是很好处理的事，就给人家经济赔偿和精神安慰就行了。这些医院倒也能做，关键是造成事故的这个人，不是等闲之辈，是某药厂厂长的

千金，如果医院解聘她，医院在这个药厂的所有欠款都得还，而且还不能再继续赊药。

不开除呢，医院造成巨大损失，群众呼声一片。就这样，事情明显闹大了。事情一大自然就上报到毕谷这里，毕谷的态度十分明朗，同意解聘女护士，并责成有关人员快速清账，尽可能把欠款还上。

可是一清账问题出现了，医院由于陈药积压太多，都是过期药品，占去了医院一大部分药款。更让毕谷不能接受的是这些积压物品，是十几年前进的药，都是那时价格的库存，却以现在的价格顶账，仅这一项就可能丧失钱款五十余万。

有关人员把这汇报给毕谷，毕谷听了脸都气青了，大手一挥，开查，清除任何隐患！毕谷确实想在这件事上开刀，全面整理医疗市场，还人民一个清白。

这天晚上毕谷回到家，正想看一会儿电视放松放松心情，就有人来他家求情。来的还是把某企业做得越来越大的冷一。

冷一记忆力好，往沙发上一坐就说，哟，这回这沙发好，没把我漏进去。毕谷没理他，他就接着说，我找你有事。毕谷把遥控器往桌上一扔说，说吧。又扔给他一支烟。冷一接过，点上，说，老其那事，免了吧。老其就是妇产医院的一把手。毕谷一听当即就翻脸了，他说，你不找我，我还可大事化小，你一找我，这事就得公事公办。

冷一没翻脸，他是老油子，皮笑肉不笑地说，你看你，咋这脾气，你总不能不记着咱们的情分吧，那年你掉河里是我把你救上来的，你可要知道，你那时八岁，而我可是刚刚七岁呀。

毕谷听到这话，脸色稍稍缓和一些。

冷一见他有了回转，就把烟往烟缸里一按说，这事你心里有数就行了。说完站起身就往外走，顺便扔给毕谷一张纸，说，这是人家一点意思，你看着办。

冷一走后，毕谷拿起一看，他吓了一跳，是三十万存单。毕谷想你给我三十万，你的背后就得有三百万，一群蛀虫！他把单子狠狠地往桌子上一拍，肺都要气炸了。

第二天毕谷把秘书叫过来，请他把存单交给冷一，并让他开回了收条。

这事其实到这就该完了。但是毕谷这人就像他和这时代格格不入一样，他的人生，总是时不时出彩，让所有知道他的人，不知是哭还是笑。

　　这天后半夜，毕谷回家，刚打开门，就有人用一把寒光闪闪的刀逼住了他。接着把一个拎兜放在他手里，问，收不收？不收就灭了你。毕谷拎着沉甸甸的兜子，只有收了。收了，毕谷就病了，病了整整一个夏天。

　　转秋的一天，毕谷的小女儿告诉毕谷，爸，我们银行成立个专柜，叫反腐败专柜，专门上缴那些接礼不想要的钱，可匿名。

　　毕谷一听，眼睛亮了一下，随及神清气爽，仿佛一下子活了过来。

老婆你属于谁

张减在打老婆那一刻，手停下了。张减从不打老婆，这回是老婆把事做绝了，把她的身体给了他以外的男人。

张减知道老婆和他始终不称心，这主要是他没有能力，什么都帮不上她。可是张减不明白，一个女人好好过日子就行了，干吗非要在那些不宜女人做的事上下功夫呢？

张减的老婆在企业上班，却非要去机关工作。想去就去了，传言就出来了。张减听说后，就决定给老婆一点颜色看看。他把门窗关紧，怒气冲天，眼睛血红，可是在举起腰带那一刻，张减还是手软了，他觉得老婆的肌肤像豆腐，嫩嫩的，哪掉了都会收不起来。

张减的迟疑，给了老婆可称之机，她鞋都没穿就跑出门去。老婆这一跑，张减就知道，她准不回来了。

没有了老婆，张减的日子过得很不舒服。有老婆她就是在外面搞，也还是得回这个家；没有老婆，她在外面不搞，家里也没这个人。这是在老婆走后的几天里，张减悟出的不小的道理。

还有一点，让张减更吃不消，他来回出门时，总是觉得有人盯着他看，本来老婆傍人的事传得无人不知，现在人又无影无踪，他的脸就觉得没处放，老感到身后有人指着他说什么。那么能不能有点阳刚之气和老婆离婚呢，张减也不是没想过。

想得的结果也是不行。儿子张加没人带。张加才九岁，虽每天他可以接送他上学，也还是没有妈好，张加以前放学就回家，现在放学就去姥姥家。这就告诉张减，如果离婚，张加会跟老婆，而不是他。

再有一个难题是。没有了老婆就得再娶老婆，娶个老婆可不是买一样家具，凑几个钱就够了，那要大操办，装修、嫁妆就得二十万。总之不容易的事太多。张减这样想，这天就去岳母家找老婆，没想到老婆没找到，还让岳母好一顿训斥。

岳母说，你就是烧的，没事找事，半夜三更打老婆，算什么本事？张减知道岳母不会帮自己，没说什么就直接去了老婆单位。张减和老婆说，回家吧，家里没女人怎么行？老婆说，我不管你行不行，和你没得过，疑心太大。张减想说，你不和别人搞，我能疑心大吗？

想想如这么说，老婆是不会和自己回家的，就改口道，那不是关心你吗，不然你真那样，张加怎么办？老婆看了他一眼，说，别说张加，说你，你想怎么办？张减说，我想让你回家。老婆说，我回家让你打呀？每天听你猜测我呀？张减说，你要好好过我什么也不会说。老婆说，那也不行，你得给我自由。

张减说，自由也不能越轨呀。除了这一点什么都行。老婆听了这话又和张减翻脸：我还告诉你，我就要那点自由，你看行，就过；不行，就离。说着，去了别的科室。

张减回家后，痛苦了好几天，他明白老婆是改不了，要改就得自己改了。正不知怎么办时，朋友日内瓦来串门儿，给他出了个主意。日内瓦说，你真傻，都啥时代了，观念还这么老旧，老婆哪有一个保一个的，都是半成品了，你不如服软让她回来。张减说，那我怎么办，我总不能挺着当王八吧？日内瓦说，看你说的，王八有什么不好，王八更贵重。再说别人让你当，你不会也让别人当。日内瓦那天喝了点酒，满脸通红地和张减说了这样的话。

张减终于把老婆请了回来。日子又恢复了往常的节奏。

日子一如初，张减的心里又沉渣泛起不好受起来。无奈之际，他想起一招，开始跟踪老婆。每隔几天，他给老婆打电话说自己加晚班，不回去睡了，然后就对老婆实施秘密监控。

还真有成效，他发现老婆做那事从不在家，她都是把张加送到她妈家，然后再从她妈家出来，去那个人的家。令张减惊讶的是，她居然有那个人的房门钥匙。

张减开始愁苦了，每天茶饭不思，邻里的眼光更是芒刺在背。

这天张减往楼道里送垃圾，推开门，就听有人在讲他，说你看张减呢，老婆跟人跑了，他不也得活吗？那才叫活受罪呢。张减听了吓得赶紧关上了门。这件事对张减刺激很大，他想了一天才想出个办法，这办法很适中，终于让自己能挽回一点面子，还能保全这个家。

从此邻里们听到，隔三差五张减的家就要吵一次架。这架吵得很严重，有叫骂声，有摔打声，有哭叫声，人们就知道，老实的张减再不受欺负了，在奋起反抗了。只有一个每天趴在窗前看街景的老太太持不同意见，她很细心，问她的儿媳妇，张减和谁吵呵？怎么吵完了，他媳妇才领着孩子回来？

家　事

母亲和父亲总是吵嘴，他们的战争从我懂事开始。

现在他们为买不买墓地吵得人仰马翻。父亲见母亲大着嗓门，瞪着眼睛，把自己的观点嚷得墙上的挂钟都跟着动，就把一个抓痒痒用的痒痒乐抛向母亲，母亲吓得一缩脖子，嗖的一下躲进厨房。那痒痒乐就咯嘣一下打在门框上，飞到了头顶的吊灯上。

我曾告诉过母亲，和父亲话不投机就别说或少说，免得父亲出手伤人吃大亏。可是母亲抑制不住，母亲有许多理由和父亲辨别，又从父亲那里赚来许多父亲的缺点说给我。弄得我不知毛病到底出现在哪里。

作为独子我不想搅在这老旧的生活中，我想搬出去。

母亲为我置办了碗筷，收集了我春夏秋冬换洗的衣服，我就从他们二老的战争硝烟中突围出来。一到新居我感觉到了宁静，除了电冰箱工作的声响，别的听不到任何吵闹。这一夜我睡得十分的安稳舒适，到天明还做了个美梦，梦见一个漂亮女子飘飘然奔我而来。

醒来是被敲门声震醒的。母亲一边敲门一边喊，起来吧，看看你那死爹，我是一天也不想和他过了。母亲往沙发上一坐，开口就说父亲不好。她衣衫不整，脸也没洗，衣服的扣也没系，嘴巴却没停，话语连珠炮似地射了过来。我坐在她对面的凳子上耐心地听。听了好一会儿，我听明白了，是父亲要去买降压仪，说那东西只要每天带着就能降低血压，而且一点药不用吃。

我一听急了，肯定便宜不了。现在的商家就能挣老年人的钱，左邻右舍的老头老太们动辄就被骗了。父亲就在前几天买了一个护心宝，一块理疗的片片，说带在胸前，能减缓心律，总共花了 2400 元钱。还弄回来一大提包赠品，赠品是口服液。父亲气喘吁吁的把赠品弄到家，成天的喝，直喝得口鼻出血，眼底出血才罢休。

现在听母亲说父亲又要买降压仪，我的气就来了，就像在水里潜水过长，浮出后一口接一口的捣气。我拿起电话打给父亲。母亲起初不知我找父亲，她把长线似的话头从嘴里勉强掐断，看着我打，等我和父亲陈述不买的理由时，母亲噢的一声嚷起来，她说，你可别和他说，他该赖我说的了。母亲很急，脸色都变了，就差没上来扯断我的电话线。

我知道母亲害怕父亲，是怕挨打，她这一生是在父亲的打骂中度过的，我一直说不清原因在谁。我胡乱地和父亲说了几句，申明那东西没多少准确性，治不了病。就放了电话。

放下电话我问母亲，你怕是你说的，你为什么还和我说。母亲说他太败家了，三百多块钱一个，打水漂都不响。我说你不就是让我制止他吗，我制止了你还不让，那你把这话和我说有意义吗？像你这样的，就该挨打。

母亲不高兴了，她认为我出卖了她。边往外走边说，看这回他不把我撕了。母亲急促的脚步，透出失态的慌张。看来她是回家想辙去了，怎样才能避免一顿打。不知母亲到底能想出什么办法。我愁肠百结。

生了一会儿气，把单位的表格汇总完，已经是中午了，我泡了一碗方便面，边吃边想，母亲回去后，不知是否真会挨打。尽管当时我说的是气话，可是她一旦真挨打，我这做儿子的，心里还是过意不去。

我在单位工作最忙、错一个小数字都不行的那几天，劝过母亲，让她将就着过吧，都土埋半截的人了，有什么求真的？可是母亲不听，我的话在她那一点作用没起，每天她抓住我的影儿仍旧唠叨不休，直到我的账目出了差错，公司损失十几万，也没见她有一点收敛。

我穿好衣服去了母亲家，开开门，见父亲坐在沙发上。父亲老了，头发白了一半，这会儿却剃成了光头。一天没见我觉得父亲陌生了许多。我坐在他跟前和他说上午的话题，重申钱来得不容易，不能乱花钱。父亲说我不是乱花钱，我是为给你省点钱，那东西带上就不用吃药了，降压药每年我要吃近千元，我要是再活十年，就会省下一万元。

这是什么逻辑？这可能吗？我惊异地瞪大了眼睛。对父亲说，你就没想想，如果那东西不好使，那冤枉钱够你买多少降压药？谁知父亲一听，比我的眼睛瞪得还大，他说，我都说不买了，你妈非让我买呀，她还说，要是好，给你大哥也买一个。

我一听，怒火中烧，起身一个箭步窜到里间，声言厉色的质问母亲，你这是干什么？你为什么唯恐家里不乱？我的声音带着哭腔。母亲诧异地看着我，仿佛一下子觉得我很陌生。居然还有一丝笑挂在她苍老的脸上。也唯有这一会儿，她安静了许多。

伙 伴

二十五岁时，他俩共同看好一个人。这人不是别人，是他们最好的朋友小熊的媳妇。小熊的媳妇长得不算美，但很温柔，是那种男人一到她跟前就不愿走的女人。

这样的女人很少见，十个里也没有一个。但是小熊命好，遇上了。而他俩比小熊张罗对象还早，却谁也没遇上。小熊结婚的头天晚上，他俩其中的一个到了小熊的家，我们姑且把他叫大。

大对小熊说，人家结婚都给媳妇压柜钱，你也应该给，你给了吗？小熊一愣说，我忘记了，忙晕了头。大就说，那我替你送去吧。小熊就拿出四百元钱给了大，并嘱咐他一定放在穿衣柜的四角。大就点点头去了他们的新房。

大刚走出门，有一个人也向小熊的屋子走来，只是他低着头，没有看见心急火燎的大出来。等他见到小熊，才知道大去给他放压柜钱了。小熊说，你若早来就和他一起去了。

这个人就是小，就是和大一起看好小熊媳妇的小。小听了小熊的话很后悔，他知道，新娘这几日就住在新房，她的单身宿舍很远，就一边布置新房，一边住在新房。

小转身想去追大，小熊叫住他，小熊说，你明天做伴郎的服装还没弄好，弄一下服装吧。小就打消念头去试穿服装，心里却很不畅快，小明白，他不能像大一样见一见新娘了。

见新娘做什么呢？小和大都有理由。大是愿意听小熊媳妇甜软的声音，一听上去，就像听小时候的摇篮曲，听着听着就陶醉了。而小是这半年来，母亲和父亲闹离婚，他心里的抑郁就像房檐上的积水，不住地往下滴，就想找一个人倾诉。只是这个人为什么是小熊的媳妇，他不知道。

说起来小熊的媳妇还是小给介绍的，那天，小和大，还有小熊去看电影，有一个女孩向小要座，小则让她去了小熊旁边自己的座位。后来许多日子里，

小都为自己那天的行为后悔。小就忍不住和大说了。大说，都是命，定数。

大看小这么相信自己，也把自己的心里话讲给了小。大说，我心里更难受，你知道我妈和小熊媳妇一个单位，有一天我妈说给我介绍个对象，我没理，等小熊和她成了，我妈才说，她就是要给我介绍的那个。

小听了大的话，眨了一下眼，觉得大比自己还冤枉。

这些怎么说都是以前的话了，而现在就得说婚礼的事了。

婚礼很顺利，亲朋好友都来了，酒宴在欢乐中进行。大和小也尽职尽责，把主婚人和伴郎做得相得益彰。小熊前所未有的高兴，新婚之夜更高兴。

小熊不高兴时是一个月以后，一个月以后的某天晚上，小熊出差，到了火车站，才发现身份证没带，想回家取来不及了，就给媳妇打电话，让她送来。往家打媳妇没接，往手机打媳妇也没接，小熊只有自己回家。开防盗门时小熊觉得不对劲，怎么也开不开，好像从里面反锁了。

小熊有了这种判断就不顾赶火车了，他马上给大打电话，让他速来把门给他打开。大是110指定的开锁师，常常被110叫去为个别人家开锁。可是大听小熊找他，支吾了半天才说，他肚子痛，不能来。小熊没办法就只有另谋高就。

门是打开了，屋里却空无一人。不过细心的小熊还是发现了疑点，烟缸里有一支还冒着烟的烟头。这让他心里十分的难受。

其实小熊找大时，大正在离小熊家不远的地方做一件事，就是监视小进了小熊的家。大明白，小是在动摇小熊的媳妇，大心里企盼，如果小这个先行军得手，他就可以乘胜追击了。可是小才进去半小时，大就接到小熊的电话，大不想帮小熊的忙，就给小打了电话，他说，小熊回来了，你从窗子出来吧。

小纳闷大怎么知道这事，却也不得不按大的办法从窗子出来。因为他已经听到了敲门声。小熊家是二楼，出来后，他又把小熊的媳妇从二楼接出来。这一切远处的大看得清清楚楚。

大帮了小的忙，以为小会感激他，会请他吃饭，会给他分享小熊媳妇的机会。可是过了很久，小一直没动静，大很伤心。

这一天，大向小要DVD光碟，他的碟大部分都在小那里。小来送碟来了，临走时像忽然想起什么，对大说，你给我打电话那天，我在外省，你那是什么意思，我一直没懂。

大愣住了，心里扑通一声，像有什么高大建筑物顷刻间倒了下来。但紧接着他摆摆手，表示什么也不知道，没有这回事。小就走了。小走后，大一阵翻江倒海的恶心，如同喝醉了酒，吐得一塌糊涂。

勿忘守正

这是一家开发软件的电脑公司，数以万计的软件从这里进进出出。

师傅雷阿把程小调领进门时对他说，好好学，师傅对你有一说一有二说二，用不上三年，你准超过师傅。程小调听了，就把师傅的话牢牢地记在心里，有空没空就想，超他。

软件公司程小调年龄最小，却最聪明。雷阿选他时，方式也特别，那天下大雨，雷阿没带伞，在一家屋檐下避雨，就听背后一阵游戏机轰轰隆隆地响，雷阿走了进去。

五十余名孩子都在玩游戏，雷阿看了一圈，就站在了程小调背后。此时的程小调正杀得浑天地暗，他的套路让雷阿一看就喜欢上了。诡谲机智，出手不凡，不是一般思维。

雷阿对程小调说，别杀了，我是警察，跟我走吧。程小调愣了愣，停下了。

什么也不能让程小调停下，只有警察。昨天他没钱打游戏，从同学兜里搜出两元钱，端了老板的赌博机，两小袋子游戏币就在他的脚下。程小调以为老板告发了他。

雷阿领程小调到了自己的公司，给他讲了许多软件研究的原理和前景，程小调顿时就喜欢上这里，雷阿拍着程小调宽宽的脑门对员工们说，这个世界，只要程小调感兴趣的，没有不成的。

程小调果真不负所望，没到一年，就研究出一个令人耳目一新的软件。这软件是专门对付色情片的。就是只要身体的裸露度超过人体的三分之一，它就可以直接遮屏。原理在于通过计算面部和四肢图像，加之整个肤色面积比例和分布，来判断网站中是否有色情图片。

程小调的发明把雷阿乐坏了，仅一项他就能获利五十万。高兴之余他领程小调来到全市最高档的电脑城，指着琳琅满目的电脑对程小调说，你挑，挑最好的。

　　程小调没有挑最好的，他选了一台品牌中档的。雷阿说你干什么？给你买，你就尽兴，过这个村就没这个店了。程小调说，我有要求。雷阿说，你说。程小调说，新买的这台放在单位用，单位那台我想搬回家里用，夜里醒来我也可以上网搞研究。雷阿一听，说，行，就按你说的，搬回家用。不过我可跟你说，不能玩游戏，要一心研究软件，研究成了，师傅还给你奖励。

　　程小调高兴了，一口答应。但是电脑搬回后，他还是玩了一会儿游戏，不过很出乎他的意料，他对游戏好像突然没了兴致，只玩一轮，他就下来了，鼠标一阵乱点进入一家网站。这家网站声称加入他们的金属链可以一夜暴富，程小调也想一夜暴富，但他没有加，他知道他们在骗人，就想制服他们。

　　制服他们，师傅有办法，但是程小调没用师傅，他想超过师傅，他想自己找办法。

　　弄软件收拾一个小网站，对程小调来说不算太费劲，但是要捣毁它就得连同所有的网站，程小调年轻，没去想这些，他当务之急就是消灭这个网站。

　　病毒研究是一项很尖端的事，程小调足足花了一个月的时间，把它做了出来。还给他起了个名，叫三只熊猫。这天他趁单位没人，在自己的电脑上，把所有的数据又重新订正一遍，想在夜里把三只熊猫发布出去。

　　他可能是太认真了，没发现师傅雷阿站在他身后。待到雷阿和他说话时，他吓了一跳。雷阿只扫两眼就明白程小调在捣扯什么，雷阿说，要守正，不然你永远超不了师傅。

　　雷阿说完，扔给程小调这个月的额外奖金走了。程小调望着师傅的背影想着师傅的话，想着想着，思路又回到了那句话上，超他。

　　凌晨两点钟，程小调到底把三只熊猫发布了出去，这一下震惊了互联网，所有的网站一时间抛锚停摆，雷阿的公司也不例外。雷阿迅速组织骨干力量研究反病毒。其实程小调在研究三只熊猫时就有了破解的办法，但他这会儿不想交出来，他要看看金属链那家网站，还怎样一夜暴富。

　　程小调这下可惹了大祸，只是他自己不知道。企事业、火车调度、机场雷达、科研电子，全部都处在瘫痪之中。公安局立即进行网上追踪，查三只熊猫的下落和发源地。

　　程小调很得意，他认为没人能找到他，他在处理这些事之前做了严密的遮蔽，只有一点他不放心，就是他留了三只熊猫的名字，他太喜欢这个了，因为他的师傅小名叫熊熊，师傅的儿子长得像猫猫，而程小调觉得他的师母更像熊猫。三只熊猫就这么得名了。

程小调的担心应验了，公安局正是寻着三只熊猫的线索找到了他，这下程小调不承认也没辙了。去公安局受审的路上，师傅雷阿亲自护送。程小调把三只熊猫破解的办法告诉了师傅，之后他说，师傅，我这算不算超你？雷阿看着眼前这个孩子，想说不算，可破解的办法他一生也达不到；想说算，又觉不妥，就把要说的话改成了沉默。

殒 落

对男女之爱，多媛比巴马看得深一截。巴马认为，人间有真爱。多媛则认为：不是。事实证明，多媛准确。

多媛十天前是个女孩，现在不是了，现在她是巴马的了。漂亮的多媛走在街上，不少男青年都指着她的背影，交头接耳，中心议题是：这女孩是谁的？多媛揣摩出他们的心思，就在自己的背后别了一张纸，写道，这女孩是巴马的。

和巴马结婚是不容易的，巴马经过一年的苦战，才把婚离了。这时他已经有个上小学的儿子。

多媛也不容易，多媛有个相处了三年之久的男朋友。男朋友在英国留学，听说她要分手，特意回来一趟。回来就不走了，声称要把女朋友寻回来。

结婚后的日子生动而灿烂，多媛像个小猫一样，天天蜷在巴马的怀里；巴马也像个在阳光下晒太阳的大熊，过着无比滋润的日子。他们从心里懂得了爱情的含义，爱情原来如此美好，让人赴汤蹈火都在所不辞。

可是好景也就这么几个月。这一天，事就来了。前妻发来短信。儿子住院了，得了强直性脊髓炎。这可不是一般的病，巴马再也沉不住气了，眼巴巴地望着多媛。结果是多媛陪巴马一起去了医院。儿子坐在病床上，见到爸爸，胳膊张了起来，想扑上来，小人儿却站不起来。巴马的心，像撕裂了一般。

前妻把脸扭过去垂泪，哭泣把肩膀胀得一颤一颤的。多媛看到这些，心里也难受，就自己走出病房，把巴马扔在了医院。这一夜，巴马没有回家住，他在陪儿子，中途给多媛个电话，让她照顾好自己。这个电话，就好像告别，到了第三天，巴马才回来换衣服。

儿子的病不见好，巴马的情绪一落千丈。多媛再在他怀里拱动时，他已无动于衷。他累了，回来没有马上走，倒床大睡，却是一夜没有动多媛。清晨天没亮，巴马激灵醒来，他推了推熟睡的多媛，说，咱家那一万元钱在哪？

巴马离婚时，把仅有的五十万给了前妻，不是巴马想给，是不给前妻不和他离。给过之后，巴马手里就分文没有了。生活也暂时靠多媛的工资。而这一万元，是他们俩结婚后，多媛发放的奖金，他们打算用它去海南旅游。

多媛看巴马要这个钱很吃惊，她说，那是我们的呀，五十万还不够治病吗？

巴马听多媛这么一说，脸色顿时不悦起来，他说，都什么时候了，还你的我的？多媛指指抽屉，表示钱在那里，就转过脸蒙上了被子。

听到门响，多媛知道巴马走了。巴马的脚步声消失在楼道里的时候，多媛迅速起来查看抽屉，如她所想，钱不见了，巴马把钱拿走了。多媛的心空了，她站在半开的抽屉前，好半天没回过神来。爱情这会儿仿佛像天上飞鸟，划过后就荡然无存。

事情都是祸不单行的。巴马这头忙孩子，多媛的处境也越来越不利起来。这天多媛刚喝了一口粥，她已经有许多天没好好吃饭了，满嘴的大泡。电话就进来了，接通后，她几乎没听到对方说话，只是听到一片纷乱的哭声。打电话的人也在哭，多媛明白事情不太好，就耐心地问对方是谁？

对方终于控制了自己的哽咽，说，古栋死了，从十八层楼跳了下去，怀里揣着一封写给你的信，你来取吧。

古栋就是多媛从英国回来的男朋友。电话是古栋的姐姐打来的。

多媛听到这个消息，手机落在地上，摔得七零八落，东一块西一块的。

信多媛没有去取，对她来说，罪责早已大过了那些字迹，她知道古栋是真爱自己，就像巴马爱自己，就像自己爱巴马。古栋曾和她说过，在英国的日子很苦，苦的无边，幸亏心里有爱。可是多媛自和巴马相处以后，她几乎把古栋的话忘得一干二净。

现在多媛明白，古栋是可以为爱付出生命的人；而她又真爱巴马；巴马在这世界却有更多的牵挂。生活想把巴马夺回去，想让巴马像掰馒头一样，把爱掰下一半。真爱掰下一半，就不为真爱。就只有真，而没有爱；或只有爱，没有真。

多媛把自己关在屋里，穿一身黑衣黑裤，头戴一袭黑纱，一动不动，面壁而坐。她在为古栋送行。她不吃不喝，想陪古栋走完去往黄泉最初的路。

三天后，巴马回来了，他又回来换洗衣服了。他看到多媛晕倒在床边，奄奄一息，头磕破了，血流了出来。他把她抱了起来，放在床上，觉得她轻得像一根羽毛，这条硬汉，流下了长泪。

给多媛进行静脉点滴时，他想，该是和她分手的时候了，因为爱已远去。

宅　男

　　一家里有两台电脑，儿子一台，父亲一台。父亲的在南屋，儿子的在北屋。父子从不见面，从不交谈，所有的联络都通过电脑。父亲做好了饭，在QQ上写到，吃饭了。儿子回答，你先吃。父亲很听话，从不勉强，就先吃。吃过了，把儿子的一份放在桌上，上班去了。

　　儿子听到门响，知道父亲出去了，就从屋里走出来。他先上卫生间，把一泡尿歪嘴壶一样抖了出去。这泡尿憋了他两个小时，但是如果父亲在家，他决不会提前为它们放行；之后他开始洗脸，他洗脸很潦草，胡乱抹巴两把，脸和脖子就有一道明显的黑白分界线，像画的一样；再之后他就坐在饭桌前有条不紊地用早餐。

　　早餐很简单，就是一只蛋，一杯奶，一块早点。这些都是用微波炉热过的，如果父亲不热，他是不会热的。他很懒，父亲放在桌上什么他吃什么，父亲不放的，他从不去寻找，哪怕那东西就在冰箱或锅里，伸手可及，他也决不去触碰。他吃过饭从不洗碗，就那么扔在桌上，打开电视看一会儿体育新闻，看完遥控器一扔，就又回到自己的小屋。这一回，就再也不出来了，一直到中午父亲回来做饭。

　　父亲每天都十一点回家，自妻子死后他为照顾儿子，都是早半小时回家。单位同事都理解他，都知道他的儿子足不出户，一切交易在网上进行，去银行取钱在网上，交友在网上，买衣服在网上，就照顾他，给他别人没有的方便。他们说，是妻子的死对儿子有些刺激，儿子才这样。但是只有做父亲的心里明白，妻子没去世前，儿子也这样。

　　父亲这天中午提着两条鲫鱼进屋，一进门换掉拖鞋就开始插电饭锅。父亲都是早上走之前就把大米淘好，回来才插匣，然后做菜正赶趟。父亲做鱼好吃，葱花大料放好，还要放几根香菜，放几滴醋，还要放一撮糖。可是放糖时糖没有了，买鱼时他顺便买了香菜，买大料时他顺便买了醋，可是就是把糖忘了。做鱼没有糖怎么行，父亲决定下楼去仓买买糖。

父亲闭掉煤气灶去了仓买，走时父亲望了一眼儿子的房间想，这搁一般人家，准是孩子去买，不会让近五十岁的父亲再下楼一次。可是他没这福气，也就只有认了。

父亲由于走神儿，走时忘带钥匙了。他买完糖站在单元门跟前按门铃，可是不管他怎么按，门铃怎么响，儿子就是不给他开门，无奈他只有重回仓买给儿子打电话。家里的电话儿子不接，手机也不接，父亲站在柜台前好一顿发愣。

最终他只有走了出来，直奔街头的网吧。儿子的 QQ 头像果然亮着，父亲写道，我忘记带钥匙了，我再按门铃时你给我开门，别让我在外面冻着。儿子没说行不行，给父亲一个生气的 QQ 表情。父亲管这种东西叫"黄豆"，不管怎样儿子总算答应了。

父亲在冷风中急急地走着，他出来时只穿着绒衣，仓买就在楼下，他没想到要去网吧。父亲走到自己家楼下时，几乎是一溜小跑儿，却忽然从头顶哗啦啦掉下来一件东西，险些砸在他的头上，父亲定睛一看，原来是自己的那串钥匙，儿子从窗口扔给了他。

父亲没有生气，他对儿子的举动早已习以为常，父亲有最低底线，只要儿子活着，别像妻子一样离开他，他就知足了。

父亲做好菜，上班的时间也快到了，他吃了几口鱼，扒了两碗饭，走时在电脑上给儿子留了话。告诉他，鱼，好吃极了。父亲很幽默，也给儿子留了一粒"黄豆"。那黄豆是眯眯笑的表情。

儿子吃鱼时很潦草，他的心里想着事。他想他怎样才能和小美把他们俩的事完成了。小美是他在网上认识的女朋友，两个人从没有见过面，感情却极好，谁也离不开谁。小美提出过想见见他，他不同意，他怕见了面，他们那些美好的感觉消失殆尽。

有几次他也曾想过，走出去和小美成婚，可是一想结婚后他很可能对不起小美，就打消了念头。他从心里不愿意走出自己的屋子，屋子是他的天空和领地，他只有在自己的屋子里才感到世界的安全，他对外界没有兴趣。但是有了小美就不一样了，比如有病，自己病了，可以在网上购药，小美病了，大概网上购药就不成体统了。还有是不是得要一个孩子，小美坚持生个健康的宝宝，如果有了宝宝，那就更麻烦了，他就守不住他的宅子和他的内心了。

可是他又太爱小美了，爱到了极致。一想到小美下体就膨胀。从视频上看小美长得那个美呀，笑起来那个甜呀，简直就是天上的仙女。

桌上的手机响了，这是一种特殊的语音提示，只有小美发来短信时才是这种醉人的提示。他拿起来，看到小美的话传了过来。小美说，我想你都想疯了，我在你家对面的五楼，你不出来，我就跳下去。

他一伸头，果然看到，小美极其美艳地站在五楼的楼顶。他打了个愣，也只是打了个愣。之后他就有了决定，他想找个最佳的角度，看小美如何飞燕展翅。

这一刻，他的下体一点也没有膨胀。

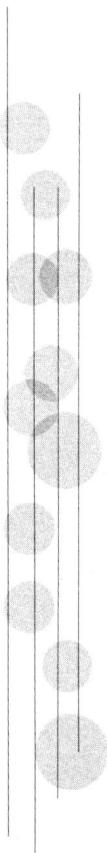

灾 年

孟利黎智障，却有一身的力气。他能把生产队的石碾子抱起来，在院子里走三圈。李承明是他的老师，学校就两名学生和一名老师。

老支书这天来到学校。他把李承明叫到外面，说，又有两个人饿死了，你带他去南山坡挖坑吧，别告诉他挖坑做什么。这话老支书不知重复多少遍了。

老支书走后，李承明就带着孟利黎出发了。

孟利黎这天的活儿很重，两个坑都要七尺长，宽和深各一米。挖第一个时没费什么力气，只把孟利黎胃里的两个糠窝头消化光了。挖第二个时，孟利黎不愿意干了，他把铁锹摔在土坑帮上，嚷着饿。李承明也饿，李承明虽没干活，但他什么也没吃，肚子里已两顿没进食了。

李承明抬头看了一眼不远处的老榆树，他哄孟利黎，你挖，我上树为你够榆树钱，树钱比糠窝头还好吃。

孟利黎挖了。孟利黎挖几锹，李承明给他一把榆树钱，再挖几锹再给一把。李承明不敢都给他，都给，树钱吃完了，坑挖不完，任务就完不成了。而他自己，坐着都出虚汗，一锹也挖不动。

孟利黎说，挖这么多坑干啥呀，每天挖呀挖的，都挖一大排了，你看！孟利黎指着不远处几十座新耸起的坟茔。

李承明想起老支书的话，不想把实情告诉他。告诉他，他就不快活了，不快活，就不会好好挖坑了。而智力健全的人，谁肯天天挖坑呀？

李承明说，种树呀，不然怎么能吃上榆树钱呢？孟利黎说，破榆树钱一点也不好吃，为什么要种它呀，不能种糠窝头吗？李承明说，能呀，你挖的这个坑就是种糠窝头的。到时呀，你吃都吃不完。

孟利黎高兴了，说，吃不完给我娘呀，我娘最爱吃糠窝头了。李承明咽了口唾沫，想，谁不爱吃糠窝头啊，哪里只有你娘呀。孟利黎的娘也是智障，家里就他和他娘，两个这样的人在一起是没法生活的，老支书才把村西的古庙收拾出来，做了临时的学校。偏巧孟利黎有一身的力气。

孟利黎一高兴，手里的铁锹就挥舞起来。他仿佛看到一树的糠窝头，正等着他吃呢。他越挖越兴奋，越挖越想吃糠窝头。李承明还在够榆树钱，他够下来一棵大树杈，摘了一兜子榆树钱，末了把榆树皮也扒了下来。这是他们未来几天的食物，他一点都不敢怠慢。

夕阳来临的时候，孟利黎的坑终于挖完了，李承明领着他回学校了。李承明知道，等他们走后，天将黑时，老支书会领一伙人来，把这两个坑填满，筑高，成为坟茔。

孟利黎看到李承明拎那么多榆树钱，他还想吃，李承明没给他。学校自己起火，他要用它给他的两个学生做树钱汤呢。晚饭是树钱汤和菜团，汤里有少量的包谷粉，一人两个菜团，一碗汤。孟利黎吃了自己的菜团，又吃了李承明一个菜团，他还没吃饱，另一个学生把自己的一个也给了他。菜团是野地里的灰菜，一筐灰菜才能做六个菜团。

菜团不抗饿，孟利黎几乎刚吃完就吵着饿。李承明只有敦促他睡觉。学校里晚上没有灯，天没黑他们就入睡。李承明说这样省灯油，事实上他们一点灯油都没有了。

另一个学生挖了一天的菜，躺下就睡着了。李承明连累带饿没几分钟也睡着了。只有孟利黎睡不着。孟利黎一是没吃饱，二是挂念着糠窝头。李承明说坑里能种糠窝头，他记住了，他就一心想吃那坑里的糠窝头。

孟利黎起身去寻找糠窝头了。他的目的地就是白天挖坑的地方。他仿佛看到一树的糠窝头，像星星一样多，他非饱饱地全部吃了它。孟利黎来到坑前时，天还没黑透，孟利黎一眼看到老支书一个人在种糠窝头。他高兴得像兔子一样嗖地奔了过去。

孟利黎的出现吓了老支书一跳。老支书辨明是孟利黎时，他哑然失笑，说，傻小子，看不出你还能送终呢。就把铁锹递给孟利黎，让他往坑中填土。孟利黎很听老支书的话，就填，他暂时忘了糠窝头的事。填着填着他看到一节红发带，孟利黎拾起来，惊喜地对老支书说，我娘也有这样的红发带。老支书说，那你就跪下来磕个头吧。孟利黎就跪下来磕了个头。

老支书这会儿呕了起来，他吐出一大摊血来。他吐血的事有半年了，起初是小吐，现在是大吐，一吐就是半盆，现在他吐的血，在夜幕下比黑土还黑。吐过后，老支书从兜里掏出一个糠窝头，对孟利黎说，傻小子，只填一个坑不可吃糠窝头，得俩都填了，你才能吃。

孟利黎高兴得直点头，他接过糠窝头，揣在兜里，填得飞快，没注意老支书是怎么躺进去的。他就飞快地填呀填，头都不抬。土堆高高垅起后，孟利黎吃起了糠窝头。他吃得很仔细，脸上喜滋滋的，连掉在地上的渣儿都捡了起来。

角瓜花

　　周奶奶爱种花，一到夏天她家的菜园就开满了花。有紫色的鸢尾花，黄色的金盏菊，粉色的胭脂豆，白色的步登高，琳琅满目，翩翩摇曳。

　　周奶奶有时摘两朵戴在我头上，一边戴一边夸我，多漂亮的小丫头，长大了准能找个好女婿。可是周奶奶一转身，我就把她的花摘下扔了。

　　我不喜欢这些花，我唯独喜欢周奶奶菜园里的角瓜花。二明常给我蝈蝈，绿色的蝈蝈呆在秫秸扎成的蝈笼里，什么花都不吃，专吃角瓜花。

　　二明常跟爷爷去乡下，一去就是半个月，半个月以后二明回来，会拎着两个蝈蝈笼，一个是给我的，另一个是留给他自己的。我的他为我挂在我家储煤的小屋檐上，他的则挂在他家晾衣服的衣服绳上，这两个地方都矮，高了，我们够不到，那蝈蝈非得饿死不可。

　　可是有一天，我的蝈蝈叫得不那么欢了，像是病了，我拎着蝈蝈笼去找二明，二明看后说，它不是病了，它是饿了，它没有角瓜花吃了。我问二明哪里有，二明说，周奶奶家就有，可是周奶奶不会给你。我问为什么呀，周妈妈可喜欢我了，什么都豁得出来。二明晃着他的圆脑袋说，因为一个花是一个大角瓜，花给你了，角瓜没了。

　　二明这些鬼话我不信，不就是一个角瓜花吗，会少了一个大角瓜？

　　我转身去周奶奶家，周奶奶家的院子里养了一条大黄狗，大黄狗先向我叫，然后摇尾巴，这一摇就是同意我进他们家。但我还是不敢，我怕我走到一半时他再翻脸，大嘴一张还不把我吃了，我就用长棍子敲周奶奶家的晾衣绳，周奶奶家的晾衣绳是铁丝的，这面一敲屋里准听得到。周奶奶正坐在炕上做针线，听见动静伸长脖子向外看，见是我，忙出来：小丫头，敲什么敲，有事快说。我手指着周奶奶菜园里的角瓜花：就那。

　　周奶奶看看我，又看看花，明白了，她说，你要什么花我都可以给你，就是这角瓜花不能给，我宁愿秋天给你一个胖角瓜，也不现在给你一朵它的花。说着回屋取来一块长白糕递给我。

　　长白糕哪有角瓜花好，我的蝈蝈又不吃长白糕，我生气地转身离开了周奶奶，剩周奶奶一个人蔫蔫地在院子里望着我的背影犯愣。

　　要不给，那就偷。

　　这天我和二明在周奶奶的后菜园外转来转去。好不容易盼周奶奶出去打酱油了，我们从板障子缝把手伸进去摘角瓜花，我们一下子摘了三大朵，三大朵够我的蝈蝈吃一周的了，我的蝈蝈肚子大，嘴巴也大，它一口一口地吃着黄黄的角瓜花，像吃一张大饼。

　　一周以后，问题来了，角瓜花没有了。这还不是最大的难题，最大的难题是从周奶奶家的板障子缝里再也摘不到角瓜花了，花都长到里边去了，外边的三朵都让我们摘完了。

　　我和二明冥思苦想，也没想出办法，倒是二明上小学的哥哥大明为我们出了个主意，他说从板障子可以跳进去，你们一个人喂狗，一个人摘花。我们高兴极了，就等周奶奶什么时候打酱油了。

　　周奶奶家的酱油一时半会儿是吃不完的，周奶奶又不缺衣服，好不容易等到街道开会了，周奶奶去开会，我们的机会一下子来了。

　　我是女孩，又比二明小一岁，逗狗的事当然是我了，跳板障子就是二明了，我把家里妈妈准备中午吃的馒头拿出来，一个一个抛给了周奶奶家的大黄，大黄乐得摇头摆尾，它只顾吃了，看家的事给忘了。

　　二明趁狗不备爬到板障子上，又一用力，跳了下去，摘了不下十朵角瓜花，从板障缝一股脑儿都塞给了我，我忙把它们送回家，是怕周奶奶回来拿不走。

　　谁知往外爬，费劲了，二明使了好大的劲也没爬出来，首先是他上不去板障子了，周奶奶家院子高，园内却低，二明个子矮，他想像在院外往园内爬那么省事不可能了。而那边的大黄狗吃完了馒头，想起了看家，它在向我们低吼，把拴它的绳子扯得一紧一紧的，二明都吓出汗了。好在周奶奶园内有个花筐，二明把花筐倒扣在板障下做垫脚，就上来了，后来我们想，什么事是不能急的，一急准出毛病。

　　就在二明好不容易上来，往障外跳时，他的衣服刮在板障上了，二明想下来，衣服不让，想上去，又没有踏脚的地方，他就那么蹬抓蹬抓像钟摆一样挂着，到底是周奶奶回来，把哭得鼻涕一把泪一把的二明抱下来。一看二明，不但衣服被扯个口子，脊背也被刮出了血。

　　周奶奶一个劲后悔：这事扯的，角瓜花值多少钱，戳破脊背哪个大哪个小？

　　第二天，我看到周奶奶的板障上多出个门，门很小，刚好够我和二明通过。

错　杀

　　找情人找少妇，这是他多年闯荡闯出来的道理。所说少妇就是三十岁左右的女人，这样的女人结了婚，有了小孩，对丈夫就不那么上心了，生活再稍有压力，就觉得丈夫是当初最不该找的那个人。

　　这样的女人还有一个好处，就是风韵犹存，多少有一点风骚，找这样的女人不用负责任，她们有足够的平复自己创伤的能力，骨子里又潜藏着执著的母爱，操持爱情，绰绰有余。

　　他遇到卓妙就基于这种想法。平心说，是他勾引的卓妙，为了得到卓妙，他煞费了苦心，终于在公园的长凳上将卓妙洗心革面。

　　卓妙在越轨那一刻，有点想哭，她想到了丈夫，觉得对不起他，但是事情已经这样，卓妙的想法就变了，怎么着也不能让自己虚成此行。

　　一般的女人有了情人，都是不忌讳对方的老婆，老婆以外的异性不能过从密渐，但对老婆，大都开绿灯。可卓妙不然，卓妙决不允许他和老婆有过分之举，或者说，和老婆的行为不能超过和她的行为。

　　卓妙这样，是他没想到的。过去的几任情人，在这个上都没用他太操心，这是不成文的规矩，都在自觉遵守，谁都清楚攘外必先安内，两个人感情再好，后院起火了，孩子死了，老婆亡了，就不会再有心思扯闲皮了，这是个颠覆不破的真理。

　　卓妙也明白这一点，但是她就是控制不住自己，在这一点上，卓妙是个霸道的女人。

　　这天他和卓妙去邻市水上公园游玩，在船上他接到老婆的电话，老婆说她头痛，他心虚就哄老婆，晚上给你就好啦。老婆很能撒娇，当时就说，你现在就回来，我现在就要。

　　他倒不能马上回去，但是手机漏音，卓妙把他们的话听得清清楚楚。放下手机，卓妙的脸色就阴了起来，并一把抢过他的手机装在自己的包里。他就怕卓妙闹，卓妙一闹他就没办法了。他很爱卓妙，对很爱的人不管是谁他都没有办法。

卓妙藏他的手机他顿时慌了，他要等 H 国一位老板的电话，那桩生意要成功的话，五年内会盈利一千万，想起这他恳求卓妙把手机还给他，他说那可是十辆宝马呵。卓妙说，就是一百辆我也不会给你，无视我的人，我就要让他看看我的厉害。卓妙说着把怀里的包抱得更紧了。

船这会儿靠岸了，以往船靠岸，卓妙都会像个娇小姐，一步挪不出三指，得他一路搀扶着搂着她的胳膊才肯前行，而这会儿却一扫大小姐气派，风一样几步窜上岸。

卓妙上岸后行动更令他吃惊，卓妙弃下他头也不回地向远处的山上跑去，他原以为她象征性和自己闹闹，赚回点许诺，也就重归于好了，现在看卓妙根本没给他机会。

卓妙体轻，行如飞燕，跑如脱兔，没两分钟就把他甩出老远。他到山脚时，她已在半山腰了。而他体态臃肿，行动不畅，高血脂加高血压，登山已是往事。但是眼前最要紧的还是把手机要回来，手机虽小却主宰着他公司的命运，而且再有十分钟电话可能就打进来，错过这大好时机，就错过了机缘。

可恨的是卓妙不理解这一点，她越跑越快，越跑越随心所欲。又往前追了一段，他脚下的石头登空了，近视镜跌落卡在石缝里很难拿出来，这让他非常恼火，他第一次觉得，情人真不是个好东西。

硬来不行他就动起了脑筋，他到底是个男人，到底是企业老总，想出的办法高卓妙一筹。这时快到山顶的卓妙回头看时，见他一个跟头扎在草坡上不动了。

起初卓妙还想，别跟我装死，姑奶奶有那么好骗？继续往前跑，可等她又登几步回头看时，发现他还在原地，并且还保持跌倒时的姿势，这让卓妙很是生疑，他毕竟血压很高，会不会出什么问题？

卓妙这样想，并没有立即返回，她坐在山顶上观察。卓妙甚至想象出，会有爬虫顺着他的裤管爬上去，会有苍蝇在他脸上和头上乱吻乱亲。但是卓妙什么也没看到，只看到他一动不动如死去一般。

一动不动对他来说，简直就是极限考验。他哪里受过这样的罪，都是松软的水床和席梦思床，那他还嫌不舒服。现在的草地却是又湿又潮，让他心中的怒火瞬间要喷发出来。但是他还是决定等，等卓妙心软回到他这里来。

当然送回手机好像不容易，但是捉住她，把手机抢回来还是有希望的。不管怎么说，他现在只能这样了，只能等卓妙自投罗网了。

等待变得艰辛，等待让他变得越来越暴躁。

时间一分一秒地过去，忽然他心头一振，他听到熟悉的音乐声，那是《月亮之上》，他手机的声音。声音由远及近，却是响着响着停了，又响着响着又停了，最终消失了，换成一个身影向他轻轻移来，那身影还蹲下身试着他的鼻息。

不能错过机会，不能让她跑掉，这是最后一搏。他一跃而起，猛扑过去，一双手死死掐往来人的脖颈，越掐越紧，越掐越深，越掐越惬意，最后他大笑起来。

坐在山顶的卓妙，把这一切看得清清楚楚，卓妙下意识按了按包中的手机，她想，他这是干什么呢？

为什么不救我

先是他有了外遇，后来才是妻子有了外遇。

这期间他一直在贝谷那里，贝谷是刚毕业的大学生，小巧而漂亮，像挂了浆的土豆，拔出的长丝层层叠叠粘连着他。有了贝谷，他就像找准了方向，长年漂泊的心有处放了。

他的心有地方放，妻子的心也不是没地方放。一个月以后，他发现了妻子放心的地方。他吃惊不小，那个人不是别人，是他的好朋友祖义。

如果说妻子和别人他还放心，和祖义他不放心。祖义阅尽女人无数，把名字写成纸条，能串成满满一串辣椒串。

这天他破例回家吃晚饭。他想和妻子谈谈祖义，警告她放弃祖义。果然饭桌上他看出妻子走神。就单刀直入地训斥，想什么呢？想祖义？妻子听了他的话打了个激灵。他接着说，找情人都不会，找个能靠得住的，能给你幸福的，能为你豁出命的，他能吗？妻子的脸红红的，像个做错事的小学生，什么也回答不出来。

他看她这样，一生气走了。其实他若站下，不走，晚上给妻子一点温存，妻子就不会走以后的路了，但是他不想这样，他等这机会等很久了，等得身心俱疲，他就想有一个能和妻子分手的借口，现在终于有了，他要把握好，要顺水推舟，要就坡骑驴。不在人是谁，在于这是个契机。他劝自己道。

他走后，妻子给祖义打了电话。祖义这会儿正在酒吧，陪一个客户喝啤酒，身边坐着两个美女，祖义就对她说，宝贝，别急，我一会儿就去。她说不是你来不来，是他知道了我们的事。祖义说，没事，都是哥们儿，他不会在意这点事。祖义身边有人，不便多说，率先撂了电话。

他出门后，站在楼梯的过道里，想了一下，就掏出手机，往妻子的手机上拨了一个，和他预想的一样，妻子的手机占线，他就知道她准是跟祖义通话。这天夜里，他抑制不住把这事当个喜讯和贝谷说了。贝谷说，未免太那个了吧？他则不以为然，他说，又不是我让她做的，我作为丈夫已提醒她了，她自己做不好，就不怪我了。

这天是国庆节，他借在单位管总务之机，给每个职工弄了一箱军中茅台，这种酒祖义爱喝，祖义喝它比喝真正的茅台来劲。他就让下属把这箱酒送到自己家中。他知道他不回家，这酒总得有人喝，这人就是祖义，他知道这酒对祖义是多么有诱惑力。

第二天，他和贝谷就去了马来西亚。在机场，他给妻子发了个短信，告诉她他出去旅游了。他不隐瞒妻子，相反倒有刺激她的意思。贝谷已经怀孕，按他的预计，到他们回来，他和妻子的事就会有着落了。一去就是半个月，半个月后他们带着马来西亚的风尘回来了，在贝谷的床上，他想起了妻子，他说我该回去和她了断了。

走进自己的家，他被眼前的景象惊呆了。饭桌上放着生日蛋糕，上面的蜡烛还燃着，桌上有菜肴，红酒，当然还有他的军中茅台，不过不是一瓶是两瓶，都是打开的空瓶。妻子的形态更是诡异，她正一张一张地叠纸卷，香烟一样大的餐巾纸被她叠了很大一堆，她正趴在桌前一个一个地烧，黑色的蜜蜂飞满了屋子。看到他回来，妻子一惊，一下子坐起身，迅速跑到卧室门前。门是关着的，她却张开双臂挡在前面，唯恐他进去。

他怎么会听她的，他正等这样的机会呢，他知道祖义肯定在里面，就怒不可遏地走到妻子面前，揪住她的衣领，用尽力气把她甩在一边。像甩一团揉好的面。

他进去了，看到了祖义。

祖义全身赤裸地躺在他平时睡觉的床上，两眼瞪着棚顶，脖子上系了一条长长的红丝巾。那是他们结婚那年，他给妻子的定情礼物，现在出奇地围在祖义的脖颈上。

妻子跑上来，照样张开双臂挡在他面前，她的眼睛瞪得很大，惊恐成了主要的成分，她说，你不能动他！

这回他没有推开妻子。而是定定地看了妻子半天，最后吃惊地问，你弄死了他？妻子说，这不用你管，他是我的。妻子说着，回头像哄婴儿一样去抚摸祖义的脸。爱惜而温柔，俨然他不在跟前。

他不知说什么好，不知怎样对待妻子，他确认妻子有什么地方不对劲了，就摆摆手，说，好好好，我不管，有人收拾你。就退出了房间。

他的心咚咚地跳着，他掏出一支烟吸上。然后思虑再三，还是给110打了电话。110来时，妻子正在祖义的身边跳舞，她舞动着那条红丝巾，舞姿婀娜，腰身柔软，神态可人。他这才想起妻子的身份，一名天分非常好的舞蹈演员。

术前告别

护士长把电话打到他手机里时，他正在公司策划广告。

护士长说，尤鼎，你父亲失踪了，我们找遍整个楼区，哪都没有，你赶紧找吧，明早八点是他的手术。

尤鼎吃了一惊，他刚从医院回来没两个小时，当时父亲好好的，没见他有什么异常，怎么说不见就不见了呢？

尤鼎的父亲78岁，得了肺癌，没到扩散的程度。尤鼎主张快速解快隐患。本来说好术前是由他陪夜，但是父亲不同意，他撵走了儿子，说他自己能行，说他想独自睡个安稳觉。谁想竟失踪了。

车子开往医院的路上，尤鼎又和护士长联系。尤鼎说，我在去你那的路上，怎么样，我父亲有消息吗？护士长说，你这个人呀，你应该到别处找，这里我们都找遍了，否则还用你？

尤鼎这才觉得她说的有道理，放缓了车速，这时就又听护士长说，他不会轻生吧？尤鼎不爱听这话，他害怕听这话，没回答，断掉了手机。

车子转过来，尤鼎去了母亲家。他有点心急，是护士长的话点燃了他的无名火。父亲和母亲一直单过，在不远的西区，尤鼎曾想让他们搬过来一起住，可是父母不同意，他们老了，想清静，心里放不下太多的人。

这话尤鼎信了，随了他们。反正经济不成问题，尤鼎给了他们足够的钱。

足够的钱父母是花不了的，但是他们却总是吵架。尤鼎有一次回家，他们正吵着，原来是母亲让父亲买洗衣粉，父亲不买，母亲说你留钱做什么，应该你买你不买，难道还让我买不成？

尤鼎以为母亲没钱，以后再给，就双双给，给他们各一半。本以为这样会很好，谁想战争也还是时不时发生。有一个星期天，尤鼎加夜班，父亲突然出现在他的办公室前，他手里拎着保暖杯，站在门外。尤鼎抬头猛然看见他，一时没反应过来，愣在了那里。就是那一刻，尤鼎发现，父亲瘦了许多。

那一次父亲是来给尤鼎送饺子，父亲说，你妈说你有几年没有吃过鹿肉馅饺子，非让我给你送来。

尤鼎说，我每天大小饭店的，吃什么没有，你们怎么想的。父亲说，这不怪我，你妈让送的，我不送她能把我吃了。

尤鼎想起这些年，母亲变得很乖戾，越来越说一不二了，就理解了父亲。他问父亲，和我妈过得好吗？父亲不吭声了，他低下了头，样子很沮丧。这当儿，尤鼎的心软了，他觉得父亲这一生，和母亲也许真是不般配，不和谐因素太多。就说，爸，你都老了，能活多少年呵，钱那东西，你留它有什么用？

父亲抬起头，想反驳。终于努努嘴，什么也没说，就走了。那天是尤鼎把他送回家，他从不坐尤鼎的车，只有那天破了例。

现在尤鼎来到父母家的楼下，灯已经熄了，这让他左右为难，看看表已经十二点钟。熄灯表明，如果父亲没回来，母亲已经睡了；如果父亲回来了，他们两个也已经睡了。尤鼎有房门钥匙，他想进去，又怕惊动他们，他不知七十岁的老人，还有没有男女性事，平时没有，但这是手术前夜，吃不准有没有。

父亲的年岁大了，医生不建议手术，是尤鼎找了人的。风险还是有的，他知道，父亲也知道。父亲的心脏，毕竟不是年轻的心脏。

尤鼎坐在车里，想了一会儿，终于还是决定，进屋探个虚实。

打开房厅的灯，他吓了一跳，母亲一个人摸黑坐在房厅里。尤鼎说，你怎么不开灯？这钱也省。母亲嗫嚅着没说出什么。尤鼎看到她穿着睡衣睡裤，显然她是睡下又起来了。

看到母亲，尤鼎的担心没有了，他换上脱鞋去了里间，到两个卧室找父亲，当他都看遍没有时，他返身又来到母亲身旁，他想了想说，明天你不用去医院，我随时告诉你情况。

母亲没有反应，证明她不知父亲失踪。尤鼎心里有了底，迅速离开了她。

下一步，他该去向哪里？他不知道。父亲在这个城市没有亲属。没有朋友。没有手机。尤鼎这才体会到，关于父亲，他什么也不知道，他只知他是他的父亲。

尤鼎的车，在空旷的街道上滑行，不知不觉来到了医院。他不想找了，他就想在这里等，等父亲明早术前赶回医院。

他坚信父亲不会轻生，他坚信他会看到，明早的黎明，会有一位和父亲一样，头发花白的女人，挽着父亲的手臂把他送回来。

而那人，决不是母亲。

家　园

　　像我们这样的人，是被人瞧不起的，但是没有办法，我想念他，想念这个和我同性的人。

　　五得找我时，我和曹无家正喝酒。曹无家办了个"养鸡场"，养了四五只鸡，曹无家不小心染上了杨梅大疮。我们躲在地下室里，一半是曹无家见不得人，一半是躲着我恋着的人和恋我的人——五得。

　　五得一进门就不同凡响，他把地板踩得咚咚直响，他从一楼跑到二楼，又从二楼冲向一楼，他大呼小叫：吴单秘，别以为你藏起来我就找不见你，你躲我躲了三天了，你再不出来我就去告你！

　　五得的喊声越来越大，脚步声也越来越重，我和曹无家屏着呼吸，静听他的喘息。曹无家首先受不了了，他说，要不你出去一下？他别一激动把我的酒吧砸了。

　　曹无家的话让我心烦，本来我就顶不住了，他一说，我就更无法招架。好在曹无家的被子在床上散着，我就一扬手拉过蒙在头上。

　　五得的声音小了下去，不久就消失了。可是我在曹无家的被子里遇到了一个充满气味的东西，那股味很难闻，我极力忍受，好不容易捱到可以出来透气了，一看却是个女人的短裤，这一下我差点儿呕出来。

　　我厌烦女人，是源于小时候看到一个场面。我最喜欢的女同学，她的妈妈在学校的厕所里扫长蛆，而她则拿着铁撮子跟在后面，她妈扫一堆她撮一堆，撮子里全是面条头儿似的活蛆，拖着长长的尾巴，不住地拱动，自那以后，我对女人就再也提不起兴致。

　　我到底没控制住自己，跑到抽水马桶旁排山倒海地吐起来。曹无家见我这样儿，就把一块糖嚼得咯嘣嘣直响，把脑袋扭到一边去，说，操，千金小姐似的，真不知那么优秀的一男人，怎么让你给弄得五迷三道的。

　　我腾不出口和曹无家理论，反正曹无家是哥儿们，是他让我躲在这的，

他还安排我和他的表妹小贝见面。我也觉得这办法可试试，如果不行，我就再也不听他的了，就听我自己的了。

隔了一会儿，曹无家见我吐得差不多了，就说，得，给你两千元钱，去找小贝吧，和小贝能混个夫妻，和五得算什么？

拿着曹无家的钱，我有些感动，眼睛不知不觉涩起来。曹无家一向对我很好，可五得对我更好。五得拿我就像命，把我放在心尖上，若不是曹无家出此下策，想拆散我们，我才不忍心让五得陷入苦恋。

走出曹无家的酒吧，我没直接去找小贝。小贝搞摄影，人很漂亮，我却提不起精神。我和五得在五花山公寓租了套房子，已经有三天没回去了，我想回去看看。我喜欢五得，五得也喜欢我，没有我五得就得疯；没有五得，我也不知我这人生还有什么意义。

一进门我就觉得不对劲儿，我闻到一股煤气味。

我连忙闭掉煤气管道的阀门，然后像箭一样冲进屋去找五得。五得果然躺在床上，他穿戴整齐，脸色苍白，已经陷入半昏迷状态。我哇的一声哭起来，一边开门窗，一边打120，五得尚有一丝意识，进屋的空气让他的眼睑微微动了一下。他的手里攥着一张纸条，上面写着：随你而来，伴你而去；随风而来，伴风而去。

我看着这纸条，看到了五得的心，漂亮的他，一生都在追求真爱，却找到了我，他怎么也想不到，我在曹无家的怂恿下会背叛他。

120来了，他们对五得做着紧急施救。

这当儿，我来到楼道里，给曹无家打了个电话，我很激动，声音振得四壁回响，我直截了当地告诉曹无家，如果五得死了，我也不活了。曹无家半晌没吭声，我就哭了起来。曹无家作为朋友，他最该理解我，可是他一点儿都不理解，他只知道让我按常规走，同世界保持相同颜色，可是那颜色太斑斓，太繁复，太虚假，让我时时不得宁静。

120的担架把五得抬下楼，他的嘴巴和鼻孔带着氧气器具，我也跳上救护车，这一路，我的心上下忐忑。

五得昏睡了一天一夜，这期间我做了两件事。一是把五花山的公寓退掉了，这不用和五得商量，我找到了我们最好的去处，那里没有人管我们的私事，那里谁都不认识我们；二是和曹无家绝交了，彻底截断往来。他和五得我只能选其一，理由是五得为我可以死，他只能给我钱，而女人只能花我钱。

　　小贝在我护理五得期间给我打了电话，问我可不可以在她和五得之间做下迂回，双性恋，她不计前嫌。我回答小贝，不可以，爱要专一，不专一不叫爱，叫商品。我让小贝为我和五得找一条最佳的旅游路线，我们要放飞自己。

　　小贝先是挂了电话，听得出她很吃不消。可是不一会儿，她又把电话打了过来，不用接我也知道，她肯定为我们找到一条最好的路，一条温暖通达的路，那条路的交叉口，会赫然耸立着古色古香深绿色路标，像两把剑一样指向两个方向，上面的字迹依稀可辨：此岸与彼岸。

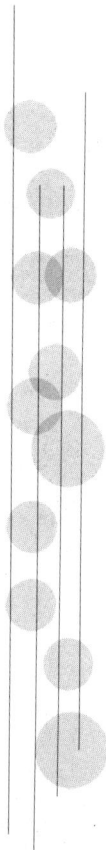

情同手足

狸猫从地久饭店左门进入 PS 房，这是老板专门为她们准备的特殊通道。老板怕她们搅局，有碍观瞻，其不知他的生意全靠这些小姐撑着。

狸猫到 PS 房没有马上换衣服，她在等她的好友秦哨所。秦哨所上午给狸猫打电话，让她无论如何替替她。秦哨所说，我实在顶不住了，那个人像头牛，价钱却可观，一小时一万元。

狸猫知道哨所这是遇上主儿了，像这样出大价码的人一辈子也遇不上一个。有一次狸猫碰到一位香港老板，有强烈的抑郁症，和狸猫做完事就从十五楼跳了下去，那他都没说一小时一万元，他只给狸猫区区七千元，还包括他死后把他葬了。

狸猫给哨所打电话哨所关机。哨所一进入工作状态就关机，她讨厌她干活时有人横冲直撞，那会大大影响她的营业收入。

按说哨所是不缺钱的，哨所的家住在青岛海滨城市，父母在国外是访问学者，家里有小洋楼，有保姆常年看护。如果换了别人是不会出来的，而是伴着洋楼过，但是哨所不干，哨所不稀罕那些。哨所全部的人生意义在于征服。

哨所的电话打不进去，狸猫就只有等，大约过了十分钟，哨所的电话不打自来，她让狸猫去十六楼，她在楼口接她。十六楼是禁楼，只有结好的"对子"可以长驱直入。哨所站在吧台一角，表情很淡然，眼里有血丝，她没容狸猫说话，就把一包东西塞到狸猫的手中。哨所说，还有最后三小时，按规矩他要付你三万元，这是两万，前两个小时也归你了。狸猫推脱不要。哨所说，你拿着，你知道钱对我没多大用处。哨所一脸的倦意，她顺手一推，就把狸猫送进了挨着吧台左侧的房间。

狸猫和哨所是最好的朋友，她们在一起搭档了五年，五年她们走过了人生的风雨，也让她们的友谊无坚不摧。

三小时对狸猫来说不算漫长，狸猫善于讲故事，致使那人一睡就是两个小时。

结束三小时的工作狸猫非常喜悦，她第一件事就是到 PS 房找哨所，想用挣来的钱和哨所一起去贵夫人皮草买冬装。

可是哨所并不在房间，打她的手机却意外地关机。哨所不可能又去工作了，她是否身体有什么不适。狸猫挂念哨所就给老板打电话，谁知老板的话让狸猫差点哭出来。老板说，哨所走了，永远离开了这个城市。狸猫说，不可能。老板说，谁说可能了，哨所从来都做不可能的事。

狸猫六神无主地回到住处，她和哨所在外面合租了一间房子，而现在哨所走了，就剩她自己了，这就好比有人把她放置在一个无法攀越的高处，又随即抽走了梯子。狸猫躺在床上三天三夜没吃东西，只喝了少许的红葡萄酒。全身莫名的不适，有隐隐的低烧。她舍不得哨所，哨所是她唯一的亲人，没有哨所她就等于没有了生命。

她打算再等等哨所，如果再没有哨所的音讯，她就是把全国踏遍也要找到她。狸猫在房间里万念俱灰地昏睡了一个星期，一个星期也没有哨所的消息。

半个月以后的一天黄昏，狸猫给火车站售票处打了电话，要求订当晚去青岛的火车票，就在这时哨所来电话了，哨所一开口就哭了起来，狸猫见不得哨所哭，哨所一哭她就哭，结果她们像生离死别一样，足足哭了有十分钟。最后哨所说，狸猫，你去把我家的小洋楼烧了吧，这样你心里能平衡一些。

狸猫这才擦了一下流成线的眼泪，直愣愣地问哨所，可这是为什么呢？哨所说，明天你去医院查一下 HIV，到时你就什么都明白了。狸猫惊得眼泪都不流了，她说，你什么意思呵哨所，你可别吓我呀？哨所说，我没吓你，也没开玩笑，我说的是真话，那个一小时一万元的人就是阳性，我已经是了，你说你能幸免吗？

狸猫顿觉天旋地转，她对哨所说，我说消毒柜里的安全用具怎么没有了，原来是你拿走了？哨所说，我不拿走他也不会用，他是个恶魔。狸猫哭了起来，她边哭边说，你是什么时候知道的？哨所说，做的时候我就知道了。狸猫哆嗦起来，她很绝望，进一步质问哨所，你知道他是阳性，为什么还要让他传染给我呢？这回是哨所哭了，哨所哭得如丧考妣，哨所说，狸猫，我舍不得你，我不想自己走，我想和你一起走，别恨我，亲亲我吧。

狸猫立即嚎啕起来，她失去了理智，她冲着听筒大声咆哮，不！我不亲你！我要咬死你！我不能跟你去死，我要活下去！听筒的回荡声，震木了狸猫的耳朵……

不知过了多久，狸猫回过神来，她绝望得有些累了，就拿起被自己摔在床上的手机，出乎意料地，像换了一个人似的，平静而温和地问哨所，你需要我给你带点什么吗？

第九十九首爱情诗

潘顶二十岁的时候认识了小团，那时候小团还是个五岁的小女孩；潘顶四十岁的时候小团二十五岁了，潘顶就和小团谈恋爱了。

潘顶是个灵透幽默的人，可是这会儿他已经结婚了，结过婚的潘顶不愿放弃小团，就一手扯着妻子，一手扯着小团，开始了心灵的长征。

小团对潘顶很好，在吃穿上都可着潘顶，她给潘顶买衣服，买了一茬又一茬，但是小团在她和潘顶的关系上，从没和潘顶提过特殊的要求，在小团看来，和不和潘顶结婚都一样，只要潘顶对她好，她能享受到爱情她就心满意足了，反正她还年轻。

小团很喜欢潘顶的才气，特别喜欢潘顶的爱情诗，这主要是小团的母亲是小有名气的诗人，所以小团就尤其喜欢爱情诗。潘顶写诗很拿手，只要脑筋转一转，爱情诗就来了，小团就喜欢得回肠荡气。小团是双鱼座的人，浪漫多情是她的特点，什么事好轻信也是她的特点，潘顶就喜欢小团什么事都当真的样子，明明是一件一听就有假的事，只要从潘顶口里出来，小团都信以为真。

潘顶由此更加喜欢小团。

潘顶喜欢小团的办法就是每天给小团写一首爱情诗。单位里忙不能相见时，潘顶就搂着电话给小团念他写的诗，潘顶办公室是平台式的现代风格，一伸脑袋能看见十来个人头，但是潘顶从来都没顾忌这些，他眼皮一耷拉，权当小格格里就他自己。

这天潘顶念，你好像连做我的茶都没答应过，可是你知道吗，我在舔舐干涸的茶杯……小团在电话的那一边就心一动，更爱潘顶了。

这天潘顶又念，你孩子一样躲进草丛或茅屋，留下傻乎乎的我在大海的峰巅感受激荡……小团就伏在桌子上哭了，小团说，潘顶，我这一生，除了爱你，再也不会爱别人了。

这天潘顶又念，吹灭的是那盏灯，吹不灭的是你的眼睛，追逐你，是我最大的奢侈，听你走调的情歌，如音乐余音绕梁……小团的激情就被燃烧了起来，小团两眼泛着遐想的光泽，她说，潘顶，你提的那事，你愿意来就来吧。小团说着用枕头把自己的脸埋了起来，因为这是小团第一次答应潘顶的要求。

小团至今还是处女，这不怪潘顶，潘顶有意，小团没意，潘顶有要求时，小团总像受惊的小猫把自己裹个严实，潘顶一看小团还没思想解放，就打消强攻的念头，潘顶说，你不干就不干吧，反正我也力气不足了。

但是世界上有这样一种男人，他们像酿酒一样储存着他们喜欢的女人，只要别人不动，他一时半会儿不动没啥，可是别人若动，他一慌，急着动了，动过后就再也没有先前的品位了。潘顶深明这一点，潘顶就想，我不急着动，动过就打碎了，我不想打碎。

潘顶想留住美好，他没有去小团那里，他说他出差了，说自己在火车上，潘顶把火车车轮咣啷咣啷响的音乐放到最大音量，又给小团念了一首爱情诗，潘顶念，你是三月的柳枝，七月的蛙鼓，你的明眸善睐处，是我永远的精神伊甸……小团听了，一颗心跟着潘顶去了远方。

潘顶的诗就这样一直为小团念着，不管他人在哪儿，只要一有空儿，一看到电话，他就有为小团念诗的冲动。

当潘顶的诗念到第九十八首时，和小团爱他一样，他就更爱小团了。

潘顶在爱情上不能自拔了，他是自己把自己射伤的，念诗成了他每天必修的功课。但是潘顶也有穷词的时候，这一天他的诗念光了，他再也没有能打动小团的诗给小团念了。潘顶无奈，就到书摊前转悠，转着转着，忽然看见一本不带皮的书，显然这是谁卖废纸卖的，又转到书摊上，潘顶拾起来一看，还是一本爱情诗，而且很适合给小团念，就买了下来。

回到单位后，潘顶都没来得及喘匀气，电话就给小团打了过去，潘顶说，小团，我又想你了，你听听我给你写的诗吧，听了你就什么都明白了，昨晚我一直写到大半夜，可见思念你的心情是多么强烈。

接下来潘顶就打开书念给小团听，诗文像一团火一样在潘顶和小团的眼前飞，开始小团是细心地听着，听着听着小团就不吭气了，再听着听着小团就猛然把电话撂了。

潘顶觉着事情不妙，快速把电话又拨了过去，潘顶问，怎么了小团，怎么不听了？这是第九十九首，再有一首就是第一百首了。小团说，我不听，我不想听。

潘顶问，为什么？小团说，你无耻。潘顶说，我怎么无耻了？小团说，那诗是我妈写的，你还有脸念？

潘顶一听愣了，他耳热发烧，半晌他急赤白脸地说，这书摊老板也太缺德了，卖书还净卖不带皮的。

爱人，你不能对他哭

　　她搞不清自己怎么就被他套牢了，他长得帅气，甚至说是风流倜傥，若找情人她不会找他，因为这样的男人是最靠不住的。但是她一旦被他挑拨起情欲，就把他过分漂亮的事放在了一旁，就好像压根儿不知道他帅气。

　　等知道自己爱上他时，一切都晚了。主要是她自己不能自拔，他反倒没什么事了，无数次她警告自己，应该远离这场爱情。有人说任何逃离都是为着达到，这话她百分之百赞同，她自己的行为确确实实就是这样的真实写照。

　　夏日的傍晚比以往难捱，以前没有他出现时她会很快乐，现在有他出现了又不能常与他相伴，生活变得黯淡无光，这对于她来说是一种折磨，一种掏心掏肺的浩劫。没有爱时变着法找爱向往爱，有爱时又是变着法抵挡爱和被爱分割，其中的滋味无法真切表述。

　　她一天天把自己折磨得如同病人时，就把自己的感受写了下来，用电子邮件给他发了过去。她写道，时光如刀，度日如年，我落寞沮丧，不知自己在干什么。我知道那些舍弃生命的人是为什么自杀的了。

　　她不敢再多写，毕竟双方都是有家室的人。为了不给他的家庭带去麻烦，她从来都不擅自给他打电话。她常常想，他们的恋情发展到现在的程度，责任到底在谁?

　　最初是她先找的他，但是她有足够的理由说明自己找他是为了工作。她所在的公司那会儿正有一批外销产品，她又恰巧在那个时候知道他有这个权力，那之前他在她的记忆里从没出现过。他们只是在十年前的一个产品展销会上碰过面，彼此印象不错，但也只是不错，之后就泥牛入海从无联系。这一次的重逢，她是从一个广告上看到了她熟悉的名字。电话打过去，声音温暖一如从前，他一口就答应她的请求，他说这算什么难事，即使是难事因为是你开口也就不算是难事了。

以下的结果还用说吗？他们来往了，他们有了恋情，他们接吻抚摸只差那一步了。凭着世俗的经验，她明白，越是临近那一步就越接近结束。他们都是聪明人，对这一人类情感的深层走向都明白。说穿了，她的潜意识是在挽留他情感，她唯恐他消失，因为他曾让她心醉。

夏日的傍晚折磨得她上气不接下气的时候，她明白了原来思念竟如此残酷，可是他怎么样呢？他也能像她想他一样而让自己饱受折磨吗？

她给他发过电子邮件后心情好了一些，可以坐起身来找点东西吃了，此前她已经两天没有吃饭。面包和火腿让她有了点生气，之后，她又挪到了电脑前。这一次她写道，我好一点了，别为我着急，终于从死亡堆里爬了出来，那感觉可能就像吸毒又戒毒吧。非人的折磨，挺过来不容易呀，起死回生呀！

她软弱无力地写下这些，人才像一块落地的石头沉沉地睡去。

第二天是星期一，他给她打来了电话。她非常激动，兴奋得面若桃花。她急切地问他，你看到我的电子邮件了吗？他回答看到了。她又问，你看后知道我被折腾成什么样子了吗？他说他知道。她说你怎么想？他说我想这样可不行，我们还要工作。他又说，这样我也受不了，我们毕竟是有事业的人。很明显他不需要她这样，她这样对他来说是一种极大的负担，他甚至会远离她。

这回轮到她说话了，她说其实这种现象也不能经常出现，让你知道只是让你明白我的感受，知道我对你的真情与真意。他说我明白，我什么都明白。

这次谈话简短而冷静，她没想到她用两天两夜才平衡的感情，在他这里不到三分钟就稀释了，又是那么轻易而淡然。她收了手机，惘然若失。

她想起朋友小八前两天和她说过的话，小八说，爱情就是发烧就是有病，就是正常人偶遇风寒发了一种不正常的高热。当时她没觉得这话怎么样，现在偶尔一想觉得正与自己合拍。

于是她想，如果真是有病，那道理就简单了，治病不就完了吗？何必要把自己的病痛传递给别人，有病是自己的事，治愈也是自己的事，自己的事自己来解决，无需要连累任何人。做出这个决定，她感到这个世界清静多了。

心灵的窥视

王晓越她姑要上街，让王晓越和她一起去。

王晓越忙着晚上相对象，有一条裙子底边开了线，她要把它缝上，就让她姑自己去。

王晓越她姑说，真是没心没肺，白养你这么大，上趟街就像耽误你出嫁似的。

说着自己走，王晓越就望着她姑的背影咯咯地笑。

王晓越和她姑的关系特体己，超过了一般姑姑与侄女的关系。反正是有她姑姑在，王晓越决不听她妈的，这次也是，这次的相对象若像往次由她妈妈提议，王晓越是决不会看的，只有她姑姑的话王晓越会当成圣旨，其他人她全都当成耳旁风。

说来这都有来由，只是都是早年的陈芝麻烂谷子的事，不好提起，但有一句话不能不说，王晓月她姑一生没结婚，当然没有过孩子，可是王晓月从半岁起就吃着他姑的奶，都是她姑不想让她哭，用闺中的乳房逗引王晓月，不想却笼络了人心。

王晓越的姑姑这天上街其实是和王晓越为的一件事，她也想买一件像点样的短袖衫，侄女相对象对她来说是件大事，晓越从某种程度上说不亚于她的贴心小棉袄，连王晓越的妈妈都说，是她剥夺了她母爱的权力。

王晓越的姑姑这天上街穿了条白裤子，和一双新买的白色网面旅游鞋，这样的打扮让她比实际年龄年轻好几岁，也刚好适应了她洁白如玉的品性。

路程走到一半的时候，天突然下起了雨，雨虽不大却糟蹋了她这两样"白"，她只有贴着一排楼房的雨搭走，雨搭很窄，下面站满了人，台阶刚能走下她，却还有一半身子闪在屋檐的下面。

眼看着再有几步就能钻进一家电脑学校，她由于急切没有看见她的脚下伸着一个广告牌子的腿儿，等她一步迈过去，她的脚刚好踏在那伸长的腿儿

上，一下子闪了个趔趄，突然而至的冷不防，险些使她跌倒，好在她的手迅速扑向一个避雨的青年，但是她明显感觉到那青年没有让她扑，青年像一个陀螺一样转了一个圈儿，她扑了空，却一下跌到半米开外的电脑学校的门脸儿上，门脸儿险些碰破她的头。

王晓越的姑姑稳住身子，愤愤地看着那青年，判断他是电脑学校的学生，怒火顿时涌了上来，她说，你算个什么东西，我就没见过你这样的，你不看别的也要看看我的年纪，你却躲了，你学电脑倒把人脑丢了，学不学还有什么用场？

看热闹的人不约而同举头看头上电脑学校的牌子，又不约而同地笑出声，青年也笑了，却没吱声。王晓越的姑姑就一边嘟咕一边不情愿地往前走，这回她不怕雨了，她顶着雨走，她说，不要求你们这代人为长者折枝吧，也不能见死不救呀，操他个妈的！

王晓越姑姑的头半句话是古文里名句，是中华民族的优秀格言，而后半句话却是老百姓的俚语，是人在愤怒时最解劲的武器。这样的土洋结合实在是把她给惹急了，她一时忘记了自己温文尔雅的教师身份，结果她的衣服也不买了，转身顶雨回家，她要给青年看看，给众人看看，也给自己看看，不就是挨雨淋吗？有什么呀？

晚上的相对象照常进行，王晓越的姑姑没有因为衣服没买成而停止了相亲的进程，她拿出早年的旗袍，祖母绿颜色的，她最喜欢的颜色，慢饮着茶水，端坐在晓越家的写字桌旁，俨然一个威严的老太君，不声不响地等着那个由朋友给介绍的男孩子的到来。

不一会儿，那男孩来了，由介绍人陪着，男孩长得很帅，大个大脸庞，白净的皮肤又有点羞羞答答。晓越一看就有几分相中，她伏在姑姑的耳边红着脸说，人长得倒是挺像样儿的。言外之意她有几分喜欢。又言外之意是让姑姑权衡拍板。

没想到晓越的姑姑很快就把王晓越给卖了，她一脸严肃，茶杯一撂，接过王晓越的话茬儿，大声说，像样儿也不行，光看样儿能行吗？样子代表不了内里，外表反衬不出内心，黄鼬好不好，一肚子坏杂碎，我们家不能容这样的女婿，他不就是那个像陀螺一样转身的人吗？他今天能转身，明日就能见死不救，这样的人不足挂齿，别说是做对象了，朋友都够不上，送客！

说完站起身回里间，弄得一屋人尴尬，面面相觑，无所适从。

男孩也认出了她，忙为自己辩解，他说，我不是有意的，我也不知道是您。

王晓越的姑姑在里间说，是谁也不行，是我更不行，是谁都是你骨子里埋藏的东西在外露，是谁都是你的品质在打折儿。

王晓越的姑姑发起脾气来大如雷霆。

外面雷雨交加，男孩就是想走也一时走不成了。

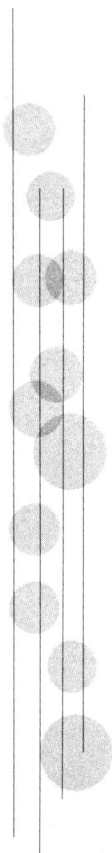

营　救

　　五号监舍传出哭声，是十五岁的于小弗在哭。于小弗，男，强奸幼女犯。

　　狱警王营提着警棍跑了过来，他冲着于小弗喊，你哭什么？顶数你吃得好，你还哭得最响！

　　于小弗这两天拉肚子，医生让灶房给他做流食。

　　于小弗没听狱警的，他越哭越响，他回王营道，我吃什么好的了，都是些小米粥，越吃越拉稀，在家我从不吃它，那是我们家鹦鹉吃的。

　　王营听于小弗这么说，一下没绷住笑了起来，他一笑，监舍内的一张张稚嫩的脸也跟着笑了起来。王营说，笑什么笑，都不要笑了，于小弗是想家了，现在大家给他唱歌，预备——唱！

　　也不知唱什么歌，大家七嘴八舌，唱什么歌的都有，监舍立即成了一锅粥，不过于小弗的哭声还是给压了下去。歌声停止后，狱警王营发现，于小弗果真不哭了，不过不哭比哭还厉害，没一会儿，就有人向他报告，于小弗绝食。

　　于小弗属于八类案件之内的重犯，不然像他的年龄投不到监狱来，现在他来这里三天了，三天他不是头痛就是拉肚子。

　　狱警王营一听于小弗又闹事，就有些急，他三步并两步地来到第五监舍，开开房门，果然见于小弗蜷伏在床上，一碗粥打翻在地，一碟咸菜被他摔得满地都是。王营喝道，你挺有本事呀于小弗，大闹天宫了，可惜你不是孙悟空！王营说着气愤地张罗收拾于小弗的残局，于小弗却把脸转向一边，闭眼假寐，他抱定一个信念，饿死在监舍。

　　大家都以为于小弗不过是做做阵势，一个十五岁的孩子，不会扛住饥肠辘辘。可是到了傍晚，于小弗还是拒绝吃饭，狱警王营这才慌了神，他把此事汇报给监狱长，谁知监狱长给他一顿好训，声称如果于小弗三天内不吃饭，就拿他试问。

王营捧着脑袋想了许多办法，可对于小弗一样都不实用。找于小弗的妈妈吧，不行，于小弗从入狱起就不见他的妈妈；找他爸爸吧，也不行，于小弗没有爸爸，他爸爸在他三岁时就不知了去向；找他爷爷呢，于小弗恨死他的爷爷了，是他爷爷不顾私情把他给送进来的。

狱警王营足足想了一天，都未见结果。到了后半夜，王营来到五号监舍，他摇醒了于小弗，他说，于小弗，我同意你不吃饭，明天我就帮你把饭碗砸了，但是你得告诉我，如果不吃饭也能活下去，你会做一件什么最重要的事呢？于小弗倒是个孩子，他虽然饿得有气无力，可还是回答了王营，他说，我要为沈家的小萝画一本卡通画册，我伤害了她，但我不是有意的。

小萝就是被于小弗强奸的那个幼女，今年七岁，那天她在河边看于小弗和他的同学洗澡，就偷吃了他们三个人带的香肠和面包，被当场捉住。而当时正是于小弗他们刚看完录像，录像是黄色的，在于小弗沈庄的姑姑家。他们一看黄色录像就燥热，所以于小弗最先想到去河边洗澡。

王营一听于小弗这么说，高兴得几乎要打于小弗一拳，但他克制住了，他给于小弗盖好了被子，就马不停蹄地离开了。

监狱这一天发生了事情，狱警王营失踪了。监狱长气得吹胡子瞪眼，声称王营回来就开除他，但是他这想法持续还没两天，王营回来了。

王营回来不是自己，他背回来一个小女孩，小女孩的后面跟着她的妈妈，王营已累得满头大汗，浑身是泥。

不用说小女孩是小萝。小女孩的妈妈是乡村教师。乡村教师的通情达理，让狱警王营当即掉下了眼泪。

王营一行三人来到于小弗的面前，于小弗已气若游丝。监狱长没办法，亲自驾车去请他的爷爷了。值班的狱警已让于小弗折腾得面无人色，所有的人对这个强硬的孩子都没有了办法。

王营进来时，于小弗的周围站满了他的同仁，他们唯一的办法就是等于小弗再饿一饿，饿晕过去后再实行强制性措施，因为于小弗已经向众人宣布，谁若动他一动他就咬舌自尽。

王营的到来，狱警们让开了一条路，王营把小萝送到了于小弗面前，然后他说，于小弗，有人来看你了。于小弗的眼睛动了动，没有睁开。他已无力睁开，今天是他绝食的第三天。王营又说，于小弗，是小萝来看你了。于小弗听到这句话，眼睛马上睁开了，当他看到站在他眼前的真是小萝时，于小弗哭了起来，他说，我还没有画好我的卡通画册呢。王营扶于小弗坐起来，

他说，不忙，时间越充分画得越好，小萝说你只有吃了东西才有力气画画，你看她给你带来了什么？

　　小萝非常懂事，她把手中的面包递给了于小弗，这面包和那天她偷吃于小弗的是一个牌子的。于小弗接过面包哭得更厉害了，他声音嘶哑已泣不成声，小萝就一点点用她的小手往于小弗的嘴里送面包，奇怪的是于小弗一点没有拒绝，他一边吃一边流泪，只是那泪像泉涌，一拨比一拨流得隆重。

撤出重围

他的手机号尾数是三个3，139XXXXX333加一起等于52，这是个吉祥数字，大致意思是：达眼，亨通，先见之明。她一看就喜欢上了，对他说，这号真好，使用它，你对外联络没有不成功的。

他将信将疑，问，当真？她点头。

可是有一天问题出现了，出在他的话费上。他使用的手机资费名称叫动感地带，好处是每月赠送500分钟话费，100条短信。最低消费20元，如超出便双向收费。

生活有时像一杯水，满满的，放什么都放不进去。他们有了感情以后，话费也像这杯水，跟着就变了。有一个月竟花了几百元。一问，才知道问题出在动感地带上，他超时了，超时后，不论谁来电话都得跟着付费。

动感地带对他不仁慈，他就张罗着换号。妻子想和他换，他说不行不行，你的号太差，尾数9494，就好像就死就死。妻子杏眼一瞪，说，那你就给你那野妈去吧。妻子总怀疑他在外面有事，总是把外面的人设定为他的野妈。

他很不悦，晚上聊天时就把妻子要换号的事和她说了。她听后眉头一皱说，不换，她的号是破产散财号，事业无法进顺。

他说，那我换个新号，把我这个给她。她说那也不行，你的手机号到了你老婆手里，我俩的短信她查起来就方便了。他想想也是，他和她的感情已非同一般，短信里全部是甜甜蜜蜜。就说，那你说怎么办？她说，我们的电话会越来越多，继续用动感地带合不来，不如改一下资费。一则保住你这个号，二则也把尾巴从你老婆手里抽回来。

他说，好主意。就去了移动的营业大厅。

改资费时，女营业员说，动感地带现在都停办了，别人想要都没有，你还改，太可惜了。女营业员的提醒，迫使他又给她打电话，他说，给我儿子怎么样？儿子念高三，100个短信够他用一个月了。她听了立即回道，给儿子和给老婆有什么差别吗？查你还不一样？她的果断让他觉得自己太婆婆妈妈了。就对女营业员说，改！

资费改完，下月就生效。下月他和她通话就不用花许多冤枉钱了，按说这是好事，他该高兴才是，可是却相反，他心里就像把一只鞋子掉在了山涧里，空落落的，十分的不畅。他隐隐觉得，动感地带是自己的财富，口里的肉，说让他挥霍就挥霍了。

手机这会儿也闹了起来，是儿子的电话，儿子说，爸，妈说你要换号，给我吧。他听了，张了半天嘴不知说什么，好在一个熟人和他打招呼，他借机和儿子说，回家说吧。按了停止键。

这一关虽然过了，可是他心里却越来越不是滋味，他觉得对不过儿子，由于经济不宽裕，他对儿子从没有尽过相应的父爱，现在好端端的资费应该给儿子，却又不能，就好像守着一堆鲜美的食物，儿子却被饿死，他几乎有罪恶感了。

他很生气，生很大的气，不是生自己的气，是生她的气，觉得她管辖了他，干涉了他的内政，剥夺了他对儿子的爱。

晚上聊天时他的火还没消，而她偏偏还问起这事，她说变了吗？他回答变了，敢不变吗？他心里像是极其地委屈。她觉察到了，就说，变是对的，不变你一个月500话费都不够，变了500够你打一年了。他说，我先前从不花什么500话费，认识你后才花这么多，以前我从不超时，也从不多花话费。她说，现在话就不能这么说了，随着你的交际面扩大，你原来的资费早晚会超的，你现在变反倒日后省事。他说，就是太可惜了你知道吗，动感地带很好的，儿子想要都不能给，都是听了你的。聊天出现了尴尬，空白了一会儿她说，儿子要就得给吗？你的手机号是你的旗帜，指着它一呼百应呢，一个小孩子，不能要什么给什么吧，一件东西，放在谁那儿有价值就放谁那呀。

她的话，让他更生气，他就抱怨起来，都是我没主意，以前我都是听我自己的，现在变得什么都听你的了。

聊天不欢而散，双方都有些伤心。他以为他们就些散伙了，没想到第二天她主动来了电话。她谈笑风生，一如既往，像什么也没发生。她说，我找到熟人了，恢复你的动感地带，而且还给你弄个豹子号，你带身份证速来移动大厅吧，我等你。

他听后心里暗喜，虽有些不好意思，但还是去了，她陪他乐陶陶办完了有关手续，他请她去上岛喝了咖啡。

　　儿子很高兴，他也很高兴，而她更高兴。

　　她还和从前一样，每天和他通话，他也还和从前一样，有什么事对她说，但却再也不是原来那般天衣无缝了，向心力变成了离心力。一个月以后，她像退了色的壁纸，从他的生活中退出了，而且不仔细辨认，他很难寻见她来时的路了。

关 D

唐米乐在床上躺了半个月，这天终于能坐起身来。

她让我扶着她，到洗手间洗了脸，梳了头，擦了粉，涂了口红，然后对我说，我们一起出去走走好吗？

唐米乐这一段时间确实病得不轻，体力急剧下降，我搂着她，感觉像一捆稻草轻飘飘搭在我身上。她的女儿小桃明明在睡觉，她下午玩累了，这会儿被我们的响动惊醒，也要跟着去。我只有给她穿鞋，简单的为她擦了脸，然后一手扯着她，一手扶着唐米乐向街口走去。

和唐米乐成为一家人已经两个月了，这两个月像两年一样难过，日子本来没有这么糟糕，都是那个约法三章闹的。

约法三章是唐米乐定的，不许和前妻约会，不许接纳前妻的孩子，不许与任何女人有暧昧关系。这三点都不难，我想都没想就答应了。答应后，我才知道自己太草率了，我没想到生活还是和我开了玩笑，前妻以前把孩子看得很紧，不给我任何机会与孩子见面，却突然出国了，这一出国，孩子带不走，自然就落到我的头上。

就在我要与唐米乐结婚的前三天，儿子像天兵天将一样，由他小姨带着，给我送了回来。刚见到儿子时我很高兴，他五岁了，走时三岁，对我还多少有些印象，也许是父子的亲缘关系，儿子一见我就扑到我的怀抱。

但是到了傍晚，我就不知该把儿子放在哪里了，和我回家肯定不行，唐米乐有约法三章，而且她的性格也特别古怪。除了我她谁都容不下，也正是由于我没有什么亲属罗乱，她才选择了我。

如果不带回家又能怎么办呢？我这才预感到，儿子的到来，影响了我的婚姻。

是阿雨帮我解决了这个问题。

阿雨是我的朋友，比我大五岁。妻子走那年我由于寂寞，触犯了红灯区，从拘留所出来，我没想活下去，是阿雨接纳了我，她用她宽广的怀抱，温暖了我两年，之后，又由她做媒，我和唐米乐相处。阿雨说，她陪不了我多久，她想家，她想回到她的草原。

儿子和阿雨很合得来，按说这就可以相安无事了，要说事还是坏在我身上。把儿子送到阿雨的"阿雨鱼馆"时，阿雨给儿子做了两只半斤重的大虾，吃时，我想到了小桃，小桃的幼儿园就在隔壁，我就把小桃接了过来。

我以为小桃还小，回家不会说，可是她还是对她的妈妈说了，好在她是在我们结婚一个月后说的，这才没坏了我们的结婚仪式，却引来了唐米乐的一场大病。

现在我和唐米乐和小桃走在大街上，再往前走一段路就是阿雨鱼馆了，我本想拐到另一条路上去，但是唐米乐没有改变路线的意思，我就得硬着头皮往前走。路过阿雨鱼馆时，我担心儿子会从里面奔出来，克制不住地向里望了望。

门口很空，没有阿雨像欢喜鸟一样站在那儿。

唐米乐仿佛看透了我的心思，或是她别有用意，她说，我们去阿雨鱼馆就餐吧。小桃听了她的话高兴起来，她说她好久没和小哥哥一起吃大虾了。这个时候提到小哥哥，我不知往下会发生什么，这是唐米乐的心头病，尽管我一直不承认"小哥哥"就是我的儿子，尽管阿雨说是她远方亲属的孩子，但这些在唐米乐那里，还是长成了参天大树。

我只有找理由开脱，我对小桃说，你不是最爱吃汉堡吗？吃完汉堡我们好直接看电影呀。我想在小桃身上打开缺口，如果小桃说不想吃鱼，唐米乐想去阿雨鱼馆也是不可能的。

可是小桃是个固执的孩子，这方面，她和唐米乐没什么两样。小桃说，不，我想见小哥哥，我想小哥哥了。一句话，是圣旨，谁都不能改变，我的心一下子被甩在了北冰洋。不知一会儿见到儿子，我如何收场，这正应了唐米乐的心意，她大约就是想看到这个场面。但是事已至此，像搭满弓的箭，只能进，不能退。我也就死猪不怕开水烫，认了。

我们一起走进阿雨鱼馆。

我们的到来，后厨和前堂都非常高兴，吃饭的人不多，大厨和服务员在下象棋，看到我们进来，忙扔掉手里的棋子，向我们推荐他的水煮鱼。唐米乐也同意吃水煮鱼。

　　只有小桃嚷着要吃两只大虾。大厨笑呵呵地说，几只都行啊，只是这回可没人和你赛着吃了，小哥哥和老板娘回家乡了，说不准回不回来了。

　　大厨的话让我和唐米乐共同陷入了愣怔中，我们各自的心事都太重，一时不知说什么好。我向地中间的廊柱望去，可不，那上面原来挂着的各式各样的海螺不见了，那是阿雨的象征，记载着她来这里的年头。阿雨曾和我说过，如果哪天那串海螺不见了，那就是她离去了。阿雨还说过，在那串挂海螺的钉眼儿里，我会知道她去了哪里。

　　现在我唯一盼望的就是，快点结束这顿晚餐，把她俩送回去，然后抽空儿取回那廊柱上，我的秘密。

热爱耳光

　　尼泊尔开歌厅，手续不太合理，就找人说情，找的是著名企业家万里栋，结果两个人谈着谈着就成了。

　　成的是婚姻。当然歌厅也成了。

　　万里栋是没想找"小姐"做媳妇的。守了十多年，隔长不短打游击，这个新鲜几天，那个新鲜几天，日子就像念珠，一珠一珠地过来了。不想遇到碴口儿，没招架住，就像老鼠被扣在笼子里，四处乱蹦也没用了。

　　尼泊尔的歌厅开得很红火，主要是她在歌厅暗插了小姐。这一招儿很灵，是她金山的底座，基础打得好，不怕它不成为金字塔；树根长得好，不怕它不成为摇钱树。

　　小姐叫米策，米策挺漂亮，一米七的个儿，大眼睛像两盏灯，在人群里睃来扫去的。谁见了，都要瞅两眼。万里栋见到她，也不由得骨头麻酥酥的，停住了脚步。

　　这些尼泊尔都看到眼里，不过她不害怕，不怕万里栋被抢去。一是她自己也挺漂亮，不次于米策，米策当年就是自己调教出来的；二是她已结婚，万里栋如果提出离婚，她会讹死他；还有一招，她早和米策暗地有约，如她违反条规，按极刑处理，这个谁都拦不住。

　　极刑在她们内部是难保生死，这早就约定俗成。

　　这天尼泊尔病了，肚子痛得在床上直打滚，米策只好找万里栋。万里栋一边安排司机，一边联系医院。送尼泊尔进手术室后，门外就剩万里栋和米策。

　　米策想躲开万里栋，万里栋拉住了她，说，我知道你躲我，何必呢，不要太在意她。米策说，那不行，我有承诺。万里栋说，承诺你也信，这世界最靠不住的就是承诺。我在你面前承诺，在她面前也承诺，可是你到底相信谁的呢？

米策像探照灯一样的眼睛暗了下去，良久，又哗啦一下打开，射向万里栋，她问，你承诺我什么？万里栋竖起了一个指头。米策说，一百万？万里栋说，有了这一百万，你的身价就不是现在的身价了。

米策觉得万里栋说的对，干她这行的，实在不是按自己的长相要价，是按自己的拥有要价，如果趁十万，出一次台会向客人要几百元，可是有了一百万，就完全可以要几千元了。这是个心态和底气的问题。

万里栋见米策不语，知道她心已动，就扔给她一张名片走了。名片是他的私家宾馆的地址，上面有他的房间号和会见时间。他知道，不除两个小时，米策准到。

晚上七点，米策敲响了万里栋房间的门。没费什么周折，他们如火的肉欲就像两条嬉戏的蛇龙飞凤舞了，而且发挥到极致。万里栋说，早认识你就好了，早认识你，我就不娶尼泊尔了。米策用毛巾擦着万里栋满额顶的汗说，现在也不晚，你不是有钱吗，再挥霍一次也无妨。万里栋搂紧了米策，摸着她光滑的脊背，亲她鲜艳的嘴唇，回味着刚才的激情，说，她会耗去我一半的家财，何必呢？隔着篱笆就挤奶，犯不着那么兴师动众。

米策说，挤谁的奶，我的吗？万里栋已在疲惫中昏昏睡去。米策就像小猫一样，蜷在他怀里想怎样面对尼泊尔。

尼泊尔的阑尾手术很顺利，三天就出院了，米策去接她。同去的还有几个尼泊尔的心腹。他们像日本武士，前呼后拥，保镖一样护在尼泊尔左右。车出了医院，没去尼泊尔歌厅，而是去了尼泊尔的家。尼泊尔有两个家，这个是她婚前的家。

这个家临江，地理位置极好，是尼泊尔的不动产。累了时，尼泊尔就到这里来看江。江水缓缓地流，流向她不知的远方，尼泊尔躁动的心就一下子舒缓了。

车上的尼泊尔脸色有些苍白，她的头一直歪在米策的肩上。这让米策心里有隐隐的愧疚，毕竟是占了人家的老公，偷食的猫一样，怎么也抹不净嘴巴。但一想自己做的还算隐匿，万里栋得到她，又是如获至宝，心里就畅然起来。

下车她把尼泊尔送到她的"闺房"，然后为尼泊尔压橙汁。其他几个人就都站在了关着的门外，一刻都不离开。尼泊尔接过橙汁，慢条斯理地说，以后再喝经你手的东西，我就要小心了。米策听了心里猛然一惊。尼泊尔却很平静地望她一眼又说，交代吧，你们在哪儿？米策的魂就吓飞了，她下意识看了看窗子，这可是十八层楼啊，跳下去肯定是十八层地狱。

尼泊尔又说，多少次？多少钱？多长时间？

尼泊尔的声音，像蚊蝇乱舞，由远及近，步步紧逼，里面还真切地夹杂着另一种声音，那是门外的几个大汉，攥拳头的咯吱声。

米策的手不由自主向怀里掏去，随即她递给尼泊尔一张存款单。上面写的是尼泊尔的名字。米策谄媚地说，不多，一百万，为你挣点外快，银行我表姐代你存的。话音未落，一记耳光落在米策的脸上，说也怪，米策没觉着疼，反倒把脸又迎了上去。她心里明白，如果尼泊尔肯再打她几个耳光，她的命就保住了。保住命，一百个耳光又有何妨呢？

此刻耳光对米策来说，就是天上会唱歌、有着美丽歌喉的金丝雀。

情 囚

电话在深夜响起，宛如半碗冰块儿在晃。

接起一听是云小蜜，就说，小蜜你有事就过来呀，怎么客气上了？小蜜住在我的楼上，跺跺脚都能听到，我们经常一起讨论问题，到深夜是常有的事。可是小蜜说，大姐，我没在家，我在云南。我说，哟，那么远呀，那是有事吧？小蜜沉吟半天才说，大姐，我想请你帮我买一束花，要白百合。我说，行啊，那还不举手之劳，我明天就去花店，你要多少枝？小蜜说，五十枝，我妈刚好五十岁的生日，然后你在下午三点送给我妈，记住要准时啊。

我有些为难，下午三点正是我上班时间，难道错开一点时间不行？小蜜听出我的犹豫，就说，大姐，我知道你不方便，可是一定要那个时间呀，我妈只有那个时间能认出是给她送花，否则她很糊涂。

我这才想起，小蜜的妈妈精神不好，有些年了，就赶忙答应小蜜，没问题，刚好我明天下午休息。为朋友我撒了个善意的谎。

第二天下午三点，我怀抱着五十支怒放的白百合，准时敲开了小蜜的家门，来开门的正是小蜜的妈妈，她的打扮，怎么说呢，是十八岁的打扮，穿着一身红锦缎衣裤，头上戴着一顶遮阳帽，手里拿着一柄红丝扇，好像刚舞完一样，气喘吁吁地站在我面前。看到我，不，是看到白百合，她张开双臂，深情地拥抱了它，然后羞涩地转身，脸贴在花朵上，回自己卧室去了，门都忘了关。

我从敞开的门向里望，屋里是暗厅，光线不足，但也能看到，地上东一件西一件的衣服，我明白，那准是她刚刚舞动过的"彩绸"，就叹口气，为她轻轻关上了门。

做完这件事，我给小蜜发了短信，小蜜没回，我以为她不过是说说，而我也不过是做做，这事就过去了。

可是有一天午间下班，我看见小蜜的爸爸在门卫室吵闹，说他家的电表，一个月走二百多个字，而实际上，他连去洗手间都舍不得点灯。见无人理他，就开口大骂，说，都是些什么王八羔子，合伙欺负人。

见这么继续下去，没什么好处，他也是六十几岁的人了，别再气出什么毛病，就拿出手机给小蜜打了过去。

小蜜听明白后，说，大姐，麻烦你把手机给我爸，帮帮我。小蜜带着哭腔。

小蜜的爸爸，唯有听到女儿的声音才熄了火，像一盆发酵的老面，遇到了苏达粉，一下子正常起来，把手机还给我后，他退出了门卫室。

他走后，门卫室里的人开始议论起他，由于是关于小蜜家的隐私，我想留下来听几句，主要是他们也没想瞒我。

那个看屋子的老人，看样子和小蜜的爸爸年龄相仿，很了解小蜜的爸爸，他说，是他自己搞的鬼，我亲眼看见他往回倒表字儿，表封儿都弄开了。又说，年轻的时候就好搞鬼，把人家的老婆归为己有，逼疯了，也不放手。另一个说，不是说他的女儿是胎带来的吗，据说和他一点也不一心。

听了这些话，我大致明白了，但也不想听了，不论他们说得怎样在理，我都觉得他们是在嚼舌头，关于小蜜，我一点也不想让他们玷污。

日子就这样一如既往地向前移动，不管你动怒，还是你爱抚，它都走它的，不为左右，心无旁骛，没有比它更专注的了。

这个夏日我过得很充实，单位公派我去北戴河度假，我欣然去了，一住就是一个月，九月初起程，一直到秋风凉才回来，体会了人间美景，回来时，心都盛满那片海了。

走进家门，电话来显三四十个，旅行期间，我很少接手机，家里的电话就排成队了。我一个一个往后看，有陌生的，有熟悉的，有似曾相识的，但是还是小蜜的电话引起了我的注意，我想我走了这么长时间，小蜜没打过我手机，却把电话打在了家里，是不是有什么事要和我说。

想想，决定给小蜜打一个，报下平安，可能的话，一起出去聚聚。

可是出乎我的意料，小蜜关机。大白天关机不太正常，打了几遍都这样，就心生挂念。思路一转，不由得把电话打给了门卫室，想听听他们怎么说。

接电话的还是那个看屋的老人，我说大爷，知道三单元502有人没？老人知道是我后，说，你还不知道啊，502出事了，那个叫云小蜜的女孩，趁他父亲不在家，带着她母亲走了，她背着她的母亲，一直背到出租车上，她

的母亲穿着红裤红衣，左手拿着扇子，右手抱着百合花，在她背上直扭秧歌，一院子人都跟着看，那女孩让大伙转告他的父亲，说她为她的妈妈找到她思念的人了，说那个人也一直在等她的妈妈，她要亲自把妈妈交到那人手上，让他们过上舒展的日子。她还说，她的母亲一旦见到朝思暮想的人，病就全好了，就会成为健全的人。好多人都为云小蜜鼓掌，好多人都为她流泪，云小蜜自己也流泪了，看得出她迈出这一步，也很痛啊，养父再怎么不好，也是父啊。

老人还在不住地往下说，我却什么也听不进了，我顿时挂念起小蜜，头疼欲裂，心生蚂蚁。

合 唱

和伍小薇离婚后，我的心绪一点也不好，不是因为我还怀念她，也不是我想和她重归于好，而是我俩死逼无奈还得在一块住，房子把我俩紧紧地绑在一起。

当初买房时，我和伍小薇一人出十万，说好再贷款三十万，把装修钱也贷出来，可是伍小薇的妈妈不让，说款贷利息太高，不如她出二十万，只贷十万，等我俩攒足钱再还她。

可是现在离婚了，房子一下不好出手，出了手我俩也没处住，租房简直贵得如油，贷款每月晚还一天都不行，还有我也不敢随便搬出去，那就等于把房子让给了伍小薇，十万元那可是我全部的家当。

倒是伍小薇干脆，她一锤定音，合住。

合住也不是好住的，合住只我和伍小薇还行，两室一厅，她住她的，我住我的。可是事实不是这样，事实是伍小薇和我分手后，没一星期，就把鼓小界领了回来。

鼓小界是歌手，那天我和伍小薇去歌厅唱歌，看到他弹吉他，曲调忧伤低回，扣人心魂。伍小薇眼里顿时蓄起了泪，弄得我不得不装绅士，给鼓小界二十元小费。要知道二十元那可是我和伍小薇一天的吃饭钱。就是从那天起，伍小薇的心，就像个红透的桃子被鼓小界摘走了。

这些我都不知道，直到伍小薇和我摊牌，我足足愣了一杯茶的工夫。

爱情是女人的晴雨表，离婚后，伍小薇就不像原来对我那么好了，好像一部舞台戏散场，演员都各奔东西一样。

她倒是还像往常那样，下班回家做饭，但却不是给我做，也不叫我吃，而是做完之后打包，拎到歌厅，给鼓小界送去。到了夜晚，他们一起深夜回来，回来后还会满怀激情地弄出一些"响动"，弄得我心如火烧，头脑一阵阵发热想揍死他们。

可是我又能怎么样呢？伍小薇又能怎么样呢？鼓小界又能怎么样呢？都怎么样不了，我们都是月光族，当月挣钱当月花光。我如有钱，会不要那十万房款而速速走人，伍小薇若有钱，也不会在我眼皮底下过别扭日子，鼓小界若有钱，不至于寄人篱下。

这天伍小薇正做晚饭，她的手机响了起来。厨房的抽油烟机动静大，她没听见，都响了三四次了，我不得不走出去告诉她，手机要吵爆了。伍小薇这才往围巾上抹抹手，进她的屋子去接手机，只听她的声音很不耐烦，她说，他出差了，直接打他的吧。合上手机后，她气冲冲对我嚷，我早就说和你妈摊牌，你不干，这倒好，她要来，看你怎么办？

我妈在三亚我姐那里，离我这好几千里，她倒很会办事，想来不和我说，而和伍小薇说。知道是我妈后，我忙把电话打了过去，我说，妈，我在青岛，出来一个月了，伍小薇也将被公司派出一段时间，你就在我姐那呆着吧，什么时候方便再请你去我们家。

我妈老了，她想自己不能动之前和我团聚一下，这怎么可能呢？我若和她团聚，那不什么事都暴露了？我妈若知道我过这种日子，还不急死。自从我爸去世后，她像变了一个人，就像一棵果树，枝叶越来越少，结不出果了，就越发舍不得先前的了。

安抚好我妈后，我没和伍小薇说话，我料想我的话她也都听到了，就走进自己的屋子，泡方便面，还没等吃，伍小薇的电话又响了，我竖着耳朵听，这回不是我妈，是公司找她，让她过去一趟，伍小薇答应着，人已经迈出了门槛。

她走后，我就吃方便面，这东西像蛔虫，我一见就恶心，可是我又不能不吃，不吃就得和伍小薇去抢一个灶台，而我也没资本天天去吃饭店。

门响了，是鼓小界，我一听就知是鼓小界，门框碰响了他的琴弦，嗡嗡声四处起伏。鼓小界头一次回来得这么早，看来他是丰收了，不然他会一直熬到深夜，不然他会和伍小薇一同相依相偎地回来。鼓小界来自新疆，有一副好嗓子，谁听了谁心醉，如果不是我心里恨他，我会说他是天下最好的歌手。

鼓小界回来后，没有去厨房吃饭，尽管厨房飘出蛋炒黄瓜的清香。他先到卫生间洗了脸，然后小憩片刻，就在屋里弹起了吉他。他第一次在家里弹吉他，或许是怕影响我，开始他声音很小，可是弹着弹着就大了，最后竟边弹边唱起来：

……塔里木河呀，故乡的河……当我骑着骏马天山巡逻，好像又在你的怀里轻轻地颠簸……

鼓小界唱得忧伤深情，犹如一只受伤的鸥鸟在云缝里漂泊挣扎，又犹如河水幽深之处一个湿漉漉的灵魂在对家乡张望。我受了感染，也跟着小声唱了起来，唱着唱着我流泪了，我知道我想家了，想老家了。

不知唱了多久，鼓小界的歌声停了，吉他声也停了，我感到蹊跷，起身想探个究竟，可是拉开门，我看到鼓小界像一座山一样立在我门前，他一手端着饭，一手端着菜，脸上挂着一道一道的泪痕，看到我，饭和菜一起向我伸来。

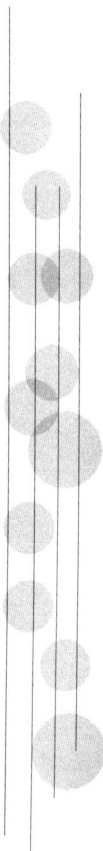

使　者

属羊的王小扣，做了一件像虎一样的事情，到各超市去推销歌碟。

一进经理室，经理正打游戏。王小扣说，你会打游戏就好，会打游戏就能接受我的条件。经理是年轻的经理，看了看他，知道这是个无事不登三宝殿的孩子，就说，我打游戏可不完全是为了消遣，别出去给我造舆论。

接着打。

他打王小扣就在旁边看，看着看着禁不住做指点，经理按他说的做了，还真过关了，其实他在这关口上折腾一上午了，一到这就卡壳，心里禁不住想，这小杂种，比我小时候还厉害。

一关过了，步步顺利。游戏结束了，经理脸上有了笑容，他喝了口茶水，这才想起王小扣等候多时了，就问，找我有事？王小扣说，有事，我一到你这超市，就不想买东西了，不是你没有货物，也不是货物不好，是我一点购买欲也没有。

经理一听，皱起眉头，说，怎么回事？王小扣说，是你的音乐，你广播里放的音乐，让人一听只想睡觉，本来想买的，也不买了。

经理觉得新鲜，却说，不对呀，比如这个人家中没米了，他来到我超市，不买米他吃什么？王小扣说，他是想买米，他来之前是想买一袋的，够两个月吃的，可是一进来，听到你的音乐，他就变主意了，只草草地买上几斤。

经理说，买几斤？他吃完不还得来买吗？

王小扣说，那不一定，也许他路过粮油店，在那里就买了，现在的粮油店，都送货上门了。经理想，有道理，凡事讲商机，就问王小扣，你有办法？王小扣回答，有啊，我给你提供歌碟，顾客听了，想买的买了，不想买的也买了，这才是听我歌碟的意义。

经理笑了，说，你还讲意义，那你说，这笔账怎么算？

王小扣说，我的歌碟，你天天放，你的销售量，会比原来高出百分之二十，我从中抽取利润。亏了，我赔你二百元钱。

经理想笑，憋住没笑，心想，好你个二百元钱，问王小扣，怎么才能知道高出百分之二十？王小扣说，看同比呀，现在也不是过年过节，销售量基本稳定，仅看排队交款的人，你就明白增加多少。

经理故意说，人排得多，每人只买一袋味精也是排队。王小扣说，销售额有数啊，你把一星期的钱款总量，和你用我歌碟后一星期的总量相比较，就显而易见了。

经理说，你那碟是宝啊？别是大街上到处卖的。

王小扣说，真让你说对了，就是大街上到处卖的，如不是，老百姓就不熟悉，不熟悉就听不懂，听不懂就难沉浸，难沉浸就会速速离开超市，可是听了我的歌碟就不一样了，他们会浑身都焕发出力量，他们不但愿意多听一会儿，还产生各种感情上的涟漪，就会为他们心里的人多买上一两样东西。

王小扣说完紧盯着经理的表情，他发现经理不吭声了，而且用鼠标乱点电脑，却不确定哪个界面，完全是心里在想事。

王小扣也不急，就站在那等，终于经理扔了鼠标，说，好，就听你一次，权当做一下试验，如果同比销售额高出百分之二十，我从百分之二十中给你提成0.5，如还是原来的水准，我就把你的碟扔出窗外，这事就这么定了。

接下来是王小扣从怀里掏出歌碟给经理看，这一看，经理的笑，终于憋不住了，他说，孩子呀，你是不是想挣钱想疯了，你这碟到处都是啊，仅我们家就有两张。王小扣一听经理这么说，急了，认真了，脸都红了，说，你们家有多少张，是你们家的，你只在你们家放，你想到在超市里放吗？我这是卖创意，不是只卖碟。

王小扣说得很激动，经理看到这个脸色有点白的孩子，眼里竟汪起了泪，好像他抢了他心爱的东西，好像他白瞎了他一番好意。经理想，反正也不是什么大事，不如一试。就心一软，说，收下了。打发王小扣离开超市。

其实经理也没拿这事当回事，他只想这是哄孩子。孩子需要他资助，有什么理由拒绝？经理是个有爱心的人，第二天他就出门调货去了，他一共去了五天，把歌碟的事忘个一干二净。

可当他满载而归再回到超市时，情形就变了，超市的广播里正播放……这世界/我来了/任凭风暴泄我/这是你爱的承诺……就算生活给我无尽的苦痛折磨/我还是觉得幸福更多……

经理一听这歌愣住了，心绪一下子飞了起来，他好像听到婴儿嘹亮的啼哭，宛如一个生命诞生，正向这个充满希望的世界报到。再一看超市里的人，真比往常多了，神态也舒展安详了，没有了来去匆匆，大包小包的货物，装满了一个又一个的购物车。

经理心头一热，忙四下里眺望，他想在人群里找到，那个脸色有点白、眼里含着泪、推销歌碟的孩子。

宝葫芦

寂静的小村，她们家却不寂静。

一到晚上十点钟，他们家就来人了。是一个大汉，不认识，进门就要吃的，她知道这是丈夫派来的。

丈夫在外面赌，赌输了，大汉就来了。大汉一脸络腮胡子，吃东西狼吞虎咽，不但吃，吃完还要在她家睡，眼睛像窥视仪，在她身上扫来扫去。

这晚大汉又来了。大汉好像在哪喝过，进了门却还要喝，她本是把门扣好了，把灯熄了，可这没用，大汉从墙头过来，把门拍得山响，她如不开，全村都会被他震醒。

大汉进屋高着嗓门让她炒菜，说要喝酒，大汉今天一定是赢了丈夫许多钱，不然不会这么理直气壮。菜好办，几个鸡子煎一盘就够大汉吃了，酒家里却没有了。没酒怎么行，大汉让她去买酒。

她只有踏着月光，去了前街的食杂店。

食杂店还没关门，店主是个男的，矮矮的。见她进来，就把一瓶酒递给她。她诧异他怎么知道她要买酒。店主说，那个人不就是来喝酒的吗？她一惊，脸红了，眼光飘向食杂店的后窗，这才看到，那窗子正对着自己家的院子。

付过钱，她走出了食杂店，但是又回去了。回去后，她对店主说，那大汉不是奔我来的，是我丈夫欠了人家的赌债。店主也很真诚地说，我知道，村里人都知道，谁都知道你是好女人。

她听了忙转身，因为不走眼泪就下来了。店主的理解唤起了她内心的委屈，出了门，拐到食杂店的侧面时，她让自己哭个够。

大汉这一晚果然要对她施暴，大汉说，你应了吧，你丈夫已欠我三万赌债了，再欠两万，你就是我的了。她很害怕，没等大汉喝完，她就偷着溜了出去。

她来到街上，茫然四顾，没处去，这个村子没有她的亲戚，她的娘家离这里也有五十里的路程。

她瑟缩发抖，天气接近老秋，站在小街上，她听到大地的苞米叶子唰唰的断裂声。这当儿她看见一个人向她走来，到了跟前，她认出是食杂店的店主。他刚关店门，关后窗的铁栅栏时看到了她。

他对她说，去我家吧，我媳妇回娘家了，她要生孩子，到她妈那有个照应。又说，我去我妈那住。说着把手里的钥匙给了她。

送她到食杂店时，店主说，你应该想办法脱离这日子，不然没法过。她开始没吭声，进了屋她说，我能怎么办？离开他回娘家？我是后娘，还得和哥嫂在一起过。他说，那也不能这样了此一生呀，他能改吗？他能把你拱手相让，你还在意什么？

她觉得他说的对，这一夜她一个人在店主宽大的床上睡意全无。

天亮时她想眯一会儿，却有人敲门。她以为是店主回来卖货，起身去开了。这才看到是大汉站在门外。大汉说，我就知道你在这，你偷情我不管，我只告诉你，你家那个宝葫芦我拿走了。说着拍拍自己的衣兜。

她想抢回来，却不可能，那是她死去的娘舅传给她的，已经传了五代人。她说，你给我，你不能拿走。她的声音带着哭腔。

大汉把身子向后闪了闪说，别舍不得，我不说你的丑事，你就已经赚了。她涨红了脸，回大汉，我有什么丑事，你骑在我们脖梗拉屎，我借宿一夜有什么不行？大汉的嘴角露出不屑的笑，他的眼光没断了向屋里一次次张望。

这时他的身后响起了说话声，别找了，我在这。大汉一愣，回过头见店主从外面回来。大汉反应快，鄙视地说，想不到英雄救美，回见。大汉想脱身。她扑了上去：把葫芦给我！大汉恼了，甩开她，怒道，三万块，还不顶你个破葫芦。

店主拦住了大汉。店主说，自古欠债还钱，打酒向提瓶子的要钱，把葫芦还给人家！店主用整个身躯拦住了大汉的去路。大汉看店主坚决，就捋着络腮胡子想了一会儿，说，也行，拿钱来，一千我立马放葫芦。

僵持了，一千太多了。要知道，在他们这个小村，一千元，对谁都是个大数。她为难了，他也为难了。但也仅仅是为难，也仅仅是僵持，还没到一分钟，店主就做了决定。他走进里屋，拿出一沓钱来，这是他为未出生的孩子准备的钱，他当着大汉的面儿数。

数的时候，从钱里落下一张纸片，站在一旁的女人，小心地把它拾了起来。

葫芦回来了，女人却离婚了。女人离开土屋那天，把两样东西悄悄地放在了店主的柜台上，一样是葫芦，另一样是那天他数钱时，飘落的那张纸片，上面写着，摇篮。

女人还在这两个字的前面加了几个字，成长的，五个字放在一起，就变成了成长的摇篮。男人会心地笑了，抬头望，女人的屋子已人去楼空。

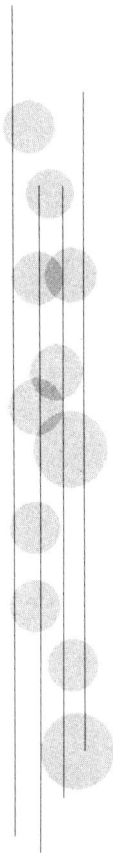

天若有情

阿粉爱吃凉皮，动辄去正大商城地下吃王记凉皮。

王记凉皮是陕西名吃，酸甜可口，香气怡人。阿粉忘吃什么，也不会忘吃陕西凉皮。这天阿粉正吃着，接到哥哥的电话，哥哥说，阿粉，吃凉皮呢？阿粉停止了咀嚼，问，你怎么知道？哥哥说，我有位病人，想吃陕西凉皮，你速给他送来一碗。

阿粉一听直咧嘴，一块未嚼的凉皮脱落在碗中。阿粉说，哥呀，你是院长啊，为人民服务也未必到这份儿上呀，我非去不可吗？阿粉的哥哥很坚定，说，非去不可，地址我发到你的手机上。又说，十分钟后我也到，对了，你穿着你的粉色上衣，开法拉利跑车。

阿粉有两辆车，平日里开马自达，只有兜风时开法拉利。法拉利是红色的，篷顶露着，在原野上一跑，像天上的太阳落下来，不住地滚动。

阿粉努努嘴，十分钟后启程了，后备箱里，装一塑料袋王记凉皮。

通往郊外的路是笔直的柏油马路，阿粉的跑车一路飞翔。高分倍音响把小鸟振得纷纷逃窜。阿粉乐得直颠屁股。阿粉有三个哥哥，但是她和这个哥哥最好。阿粉爱跳街舞，大哥二哥都反对，只有这个哥哥支持她，给她置办光盘，纠正她饮食，极力把她塑造成跳街舞的好胚子。

一想到这个叫阿法的哥哥，阿粉就觉得自己很爱他。

郊外的草屋到了，阿粉把车子停好，提着王记凉皮择路前行。

说草屋太不为过了，一望无际的田野里，就这一间屋子，往远看，才在目光所及之处看到一簇簇民房。那是一个村庄，有袅袅炊烟爬向天空。

进了草屋，阿粉的小红凉鞋脚尖着地，几步跳到哥哥的近前，哥哥正给病人吸痰，吸痰机嘤嘤地响。哥哥操作得很认真，见她来没抬头。目不转睛地盯着病人的变化。病人躺在炕上，是个老头儿，命若游丝，闭着眼睛，瘦剩了骨头。阿粉的身上，就直起鸡皮疙瘩。

哥哥把他的痰吸出后，接着就把病人手背上的滴管拔掉了。阿粉也发现那输液管的药液不走了，一动不动在那停着。哥哥拔掉后把药瓶和滴管一并递给了阿粉，阿粉用表情问哥哥，不要了？哥哥点头，示意扔到墙角处。

然后哥哥俯下身，凑近病人的耳边说，老伯，阿粉来了，你和她说点什么？被叫做老伯的人眼睛动了动，却没有说出话。哥哥就把他骨瘦如柴的手，拉过来放在阿粉的手上，阿粉想抽出来，哥哥嗔怪地向她瞪眼，阿粉就只有听哥哥的了。

阿法对老伯说，这就是阿粉，这是阿粉的手，你牵过的。

病人依旧闭着眼睛，阿粉细嫩的手握在他手里时，他使出最大的力气攥了攥，但在阿粉觉得，还是过于轻，像一块粗布缠了一下手，有气无力。但是阿粉却看到有两行饱满的泪，从病人的眼角向两边流下去。阿法为他擦眼，很轻很轻。

阿法又把阿粉往他跟前推了推，说，阿粉二十岁了，她是个很漂亮的姑娘。

阿法说完这话，忙把一只凳子塞在阿粉的屁股下，让她坐，然后把老伯的手放在阿粉细润的脸上。病人有了强烈的反应，那泪就流得更欢了。

阿粉已经不害怕了，她握住了老伯的手，牵引它在自己的脸上走，她想帮老伯识别她这二十年青春的见证。她知道，这是个快要走完生命旅程的人，她不能让他完不成什么。况且还是阿法哥哥吩咐的。

老伯似乎很满意，他的眼睛睁了一条缝儿，阿法不失时机地说，你瞧见阿粉穿的衣服了吗？是粉色的，是你最喜欢的颜色，也是阿粉最喜欢的颜色。

老伯的情绪出现了反常，他的呼吸急促起来。眼睛顿时异常地亮。

阿法看到这种迹象，迅速拿起自己的急救包，取出一个一次性针管，熟练地撕开，取出，然后把亮晶晶的针头插进了老伯的血管。

阿粉看到，一股黑紫的血流了出来，又粘又稠。然后阿法把针管小心地放了起来，又用棉球迅速擦拭了老伯胳膊上的针眼儿。但这已经是多余的了，因为老伯已去了另一个世界。

老伯死后的第三天，阿法把阿粉带到他们母亲的坟前，母亲已经离开他们二十年了，阿粉知道，母亲是生她时难产死的。这已不足为奇，让阿粉吃惊的是，老伯的棺木也埋在母亲的坟边，他们一起住在离草屋不远的一块朝阳的地方。

阿法很沉痛地告诉了阿粉，老伯就是为守护他们的母亲，一生哪也不去，只住自己的草屋。更令阿粉接受不了的是，阿法递给阿粉一张 DNA 检测单。上面有阿法的批字，证明老伯和阿粉有血缘关系。

阿粉这才明白，她和哥哥阿法，不是同一个父亲。

年宝宝的啼哭

一对哑孩子，把年庚折腾得不尽人样儿。

年庚是老公公，哑孩子是他的儿子与儿媳妇。这就构成了特殊的形式，年庚在这里没有多少自由的空间。

年庚很尽职，是一流的父亲。他用旧房子换了两套新房子。因为儿子年利要结婚，也因为他也实在不适应和两个哑孩子一起生活。

房子是楼房，和年利是一个单元的对门。这也是因为，虽不在一起生活，也要溜边儿照看他们一下。这就是父亲，就是年庚这样的独身父亲，必有的放不下的心思。

这样果然挺好，他们婚后的日子如水波流动，顺畅而明快。年庚看着，把心都乐出了"皱纹"，没有什么比这更让他惬意了。他一个人，也并不觉得孤单。

事情出在他们有了新生儿以后。这之前年庚的生活是平静的，他每天上班，中午食堂用餐，晚饭多半和同事们一起乐呵，日子滋润也随意。

但是小孙子年宝宝出生后，事情就有了变化，年宝宝最让年庚高兴的是他有嗓音，他的哭声响亮悦耳，打破了年庚寂静的内心，也给年庚的生活带来了无限生机和希望。

五十岁的年庚再入眠就费劲了，几乎是刚闭上眼睛，年宝宝的哭声就传了过来。这是一种号召力，是告诉人们年家从此香火兴旺了。

头三个月是年宝宝的姥姥帮着侍候，年庚对哭声的敏感在于享受。可是百天之后，年宝宝的姥姥回乡下了。这时再听到年宝宝的哭声，年庚就如坐针毡了，因为他知道，不论年宝宝怎么哭，哭哑了嗓子，他的父母都是听不见的，也因此让年庚的心一阵比一阵提得紧，仿佛在悬崖上吊个人，上上不去，下下不来，任风吹雨打，夏阳暴晒。

晚上夜深人静时，年宝宝的哭声更是吵得整幢楼都能听见。

这天夜里，年宝宝直哭了半个小时，哭声像小刀滑在窗玻璃上，尖利刺耳。年庚隔着墙品尝着孙子的哭闹，就好像他的褥子底下铺着滚烫的红铁，他实在受不了，就起身找钥匙，去开儿子的防盗门。门开了，借着鬼火一样的墙壁灯，他看到小孙子被单独放在房厅里的婴儿床里，他把年宝宝抱起来，哭声戛然停止。原来他尿床了，他在用哭声叫人为他换尿布。

而这么大的事他父母并不知道，年庚想着不禁往他们的卧室撩了一眼，这一看不打紧，他看到两个人，赤身裸体睡得正香。

年庚不高兴。不高兴他也改变不了。他的身份让他不好提醒儿媳妇应该怎样照看孩子。不过有了这一次，再听到年宝宝夜里的哭声，年庚就习惯性地起来为他换尿布了，这样做了许多次，屡试不爽，都是换完后，年宝宝面挂泪痕地睡去。

但是今天有点反常，今天也是年庚为年宝宝换尿布，可是换完后他仍大哭不止。任爷爷怎么哄，就是不开晴，年庚以为他是饿了。

就推开他妈妈的门去找她喂奶，谁想这一次比上一次还让年庚无地自容，年庚看到了不该看到的场面。

再退回来已经来不及了。年庚就红着脸，把年宝宝送到儿子手里。

这以后他们的关系就变得尴尬了。这以后年宝宝一哭，年庚就不知怎么办了。他只有盼年宝宝快些长大，长大后好和自己一张床，那样他就不用为听到他的哭声而揪心了。

可是年宝宝一时半会儿也长不大，他要把他的哭声哭成大海的涛声才能长大。

这天年宝宝的哭声果然像海涛一样敲击着年庚的心，年庚实在心疼，就又去了年宝宝的床前，这回年庚来对了，孩子是趴在婴儿床上大哭的，年宝宝会自己翻身了。

年庚看到这场面不知是惊还是喜，惊的是他晚一会儿过来，年宝宝的小脖子支不住他的小脑袋，那会窒息也说不定；喜的是小孙子会自己翻身了，年庚好像看到有一天他自己能站起来走路的情景了。

年庚正高兴之余，意外的场面发生了，他看见儿子下身扎着个毛巾被，光着膀子站在卧室门前，儿子和他打手语，表示有事和他谈谈。年庚就很诧异地坐了下来。他的头有些沉，他感到儿子在这个时候和他谈什么都很不适宜。

儿子的手语非常好，年庚的领悟程度这些年也让他给训出来了。儿子的大意是：你别深更半夜借故到我们房间来，你会不会是偷看我们的房事……小孩子哭是练肺活量……我想告诉你，你这样做我很反感。

儿子的脸在灯光下涨得通红，他把熟睡的年宝宝像抢稻谷似地抢了回去。

随着砰的一声门响，头顶上的吊灯骤然碎裂，玻璃雨倾盆而下。

车 衣 服

爸爸总睡懒觉，总让戴尔给看车衣服。戴尔刚上初中，时间很紧。如果不给爸爸看车衣服，他就能早上学半小时。

车衣服是车子穿的衣服，爸爸怕他的帕萨特冷着，冬日里就在成衣铺给车子做了一件棉斗篷，车子披着斗篷，远看像一尊怕冷的大灰石头。

爸爸跟戴尔说，等明年买到车库，你就不用看车衣服了，你尽可提前半小时上学。又说，你若能把车衣服放后备箱里锁上，你也可提前半小时上学。

可是这两样戴尔哪个也做不到，爸爸说的明年，其实是个不等数，明年到底有没有卖车库的还不知道。而车衣服放在后备箱困难也太大，车衣服像四条双人被那么大，放进后备箱，怎么也扣不上盖子。

这让戴尔犯难了。

戴尔的难处被楼下开小卖店的老爷爷看见了，老爷爷就对戴尔说，你只管热车，车衣服我来替你照看。戴尔喜出望外。把车子的发动机打开就上学去了。

这以后的日子戴尔很轻松，他能利用早去的半小时把自习题做了，还能为同学打两瓶热水放在教室。戴尔做这些时，觉得生活是快乐的。

可是问题还是出现了，这问题让戴尔顿时萎靡起来。车衣服丢了。是老爷爷为他看管半个月以后丢的，而且是夜里丢的。

戴尔早晨起来去热车，发现帕萨特早把衣服脱光了。戴尔问老爷爷，老爷爷正打点顾客，他说不知道啊，我还以为你拿回去了呢。戴尔说我家在六楼，我拿不动呀。老爷爷说，我早起就没见它呀。

父亲一听车衣服丢了，破天荒起床了。父亲没有责备戴尔，只围着车子转了一圈，说，兔子不吃窝边草啊。回屋去了。父亲把戴尔和老爷爷晾在了这里，他们俩都明白父亲是什么意思。戴尔很尴尬，老爷爷更尴尬，老爷爷对戴尔说，我这是费力不讨好啊，没功劳连苦劳也没赚着。

戴尔忙劝老爷爷，我爸不是那意思，我爸是太心疼车衣服了。老爷爷一脸的无辜。

旧的不去新的不来。美丽的帕萨特第二天就穿上新衣服了。这回是更厚实的色彩更纯的银灰色，帕萨特得意了，戴尔可就更辛苦了。这回父亲怕丢了，把底端用绳子链上了，而且把车就停在了小卖店门口。小卖店晚十一点关门，早晨老早就营业，中间的几小时戴尔家还在楼上，估计也不会出太大的问题。

这天戴尔早起，依旧热车，刚来到车跟前，老爷爷从屋里走出来。老爷爷说，我为你看了一夜的车衣服，不然它又丢了，昨晚已经有好几家丢的了。戴尔不知怎么回答，是说谢谢，还是说不需要这么做，因为老爷爷的年岁早过了七十了。

老爷爷说，人过留名雁过留声啊，我一世清白，不想让你们家的车衣服在我眼皮下丢了。可是这与老爷爷有什么关系呢？戴尔垂下了头。

以后的几天里，车衣服相安无事，戴尔知道是老爷爷在暗地里帮他的忙。

一晃戴尔已经有半个月没见老爷爷了。这天爸爸没烟吸了，戴尔去小卖店为爸爸买烟。意外地没见老爷爷。是老爷爷的女儿在卖货。戴尔买完了烟，没有走的意思。老爷爷的女儿就问他还需要什么。戴尔嗫嚅着说，老爷爷怎么不在这了？老爷爷的女儿说，你有事？戴尔说，他总是为我们家看着车衣服，我们家的车少挨不少冻。老爷爷的女儿看着眼前这个腼腆的少年，眼里有了一丝喜欢，她说，是你们家呀，我爸每晚都为一家看着车衣服，我以为是他老了说胡话呢。

见戴尔在认真地等她回答老爷爷的去向，这才说，他病了，住院了，一有响动就出去看，深更半夜的，什么人也受不了啊。

戴尔的心震了一下。就像睡得好好的，猛然有人在他枕边敲铜盆。

再路过小卖店时，戴尔都要想起老爷爷，缺个笔和本什么的，戴尔都要去小卖店买，一是看老爷爷回没回来；二是他想为老爷爷家增添一点收入，可能一支笔老爷爷才挣一毛钱，但那也是戴尔的心意呀。有时他明明没有什么可买的，也要搜寻家里是否缺油盐酱醋。戴尔的妈妈有一天发现，他们家的酱油，这茬没用了呢，那茬又来了，用也用不尽了。

一个月以后，老爷爷出院了，但是再也没有精气神站柜台了。他就在后屋躺着，有时出来晒晒太阳。

　　这当儿，喜讯传来了，帕萨特有房子了，是一家车库出卖，父亲高价买了下来。

　　帕萨特有了家，戴尔再也不用看车衣服了，他自由了，可以上早自习了，也可为同学打开水了。但是戴尔的心里并没快活，总像揣着一件事。由于总是想，这天放学他走进小卖店，用爸爸给他的零用钱，买了一箱蒙牛牛奶，付过钱后，他对老爷爷的女儿说，请把这个转交给老爷爷好吗？并告诉他，我们家的车衣服找到了，它根本就没有丢。

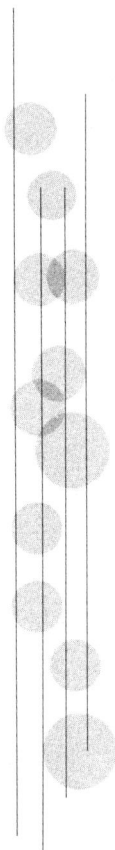

爱你一生不变

方小含是良家女子，平时做事谨慎含蓄，但是她也一样会遇到恋情，她遇到的人是她姑家的表弟，虽不是近亲，却也接亲挨故，朋友和熟人都知道他们是亲属。方小含的母亲对他俩总粘在一起持反对意见。她说像个啥，四不像似的，让你男人知道，还不扒了你的皮。

方小含已结婚，丈夫在部队服役，正办随军，方小含一不主动，进度就自然减慢一半。古歌是知道表姐真心爱自己的，他也不想让方小含走，他想有一天，水到渠成，他要娶了方小含，必要时他可以不要工作，和方小含远走他乡，他现在就差不知方小含什么意思。

古歌在歌舞团是跳芭蕾的，形体奇美，按说歌舞团美女如云，和他配舞的都是出类拔萃的，可他谁也看不好，单单就看好自己的表姐方小含。

按说他们的事是有难度的。难题之一是方小含是有夫之妇，那边一声令下，她就得卷铺盖卷走人。那时她恋得再深，也得和自己的恋人劳燕分飞。

难题之二就是，近亲结婚会遭现代人鄙视。他们虽不太近，却也是亲，朋友小浓就跟他说，没人爱了？怎么窝里搞上了？弄得古歌一脸羞赧无从解释。

难题之三是方小含大古歌八岁。虽方小含保养得好，又没孩子，但是这总是个问题。试想古歌五十多岁时，方小含就六十了，怎么能领一个比自己差不多大十岁的人，出来进去。

这天方小含的姑妈找她，姑妈就是古歌的妈妈。

姑妈是个特别的人，一生无拘无束，生了古歌后，一直独身。不是看不好古歌的父亲，也不是有婚外情，就是觉得自己自由，想做啥做啥。这一点上天可以作证。

　　姑妈找方小含说了什么，古歌不知道，反正方小含听了她的话后，痛哭了一场，第二天，辞职去了部队。古歌知道她走时，恨不得把母亲折巴折巴装进皮包邮走，去告慰方小含委屈的灵魂。

　　按说事情到此也该结束，但是爱情这东西不讲理，一旦爱上了，就像油毡燃着了火，纵使自控力再强，也会被冲破防线把人烤个滚烫。

　　这天古歌彩排，是一出双人芭蕾戏，平时他做这种戏易如反掌，而方小含走后他就像丢了魂，常常无缘由发呆，常常突然中断剧情。小透看他这样就提醒他，市领导检查彩排，你要当心。

　　小透是古歌的搭档，很多年都在一起排戏，和古歌感情较深，却不是恋人。但她什么话可直接对古歌说，不生分。古歌就把和方小含的事对小透说了，小透说这事好办，你若真爱她就把她找回来就完了。

　　小透的话对古歌有了启示，他打算这一个戏过后去一趟部队，把方小含接回来。可就在这时他的脚崴了，他从一米的高台上摔下来，脚肿得像萝卜。摔伤后的古歌很懊恼，坐在医院里给方小含发短信：我的脚崴了，你回来吧。

　　这是自方小含走后他第一次给她发短信。他给她打手机，她不开机。他知道她在躲着他。而现在他不得不利用手机短信和她联系，因为他知道，不论方小含如何不开机，她也会在相应的时间看短信，那是他们爱情最后的一个可窥视的孔隙。

　　方小含还是没回。古歌就又发：你是我心中的树，树倒了，所有的大风吹来，长海医院的十层楼上，我会奔树而去。此时古歌住在长海医院的骨科病房，他的神经确实杂乱无章，他的生活中不能没有方小含，他爱她太深了。

　　古歌哭了很多，很久方小含都没回短信。古歌就觉得没法活了，撕心裂肺的想念，让他几近崩溃。小透提着鸡汤来了，她一直在精心而默默地担着这个责任。古歌的眼泪正流淌似水，看她来也没擦，哭得越发起劲。

　　小透坐在他身旁，用毛巾为他擦泪，那泪水无论怎么擦也无穷无尽，小透知道古歌哭的，是这些年他所有爱的甜蜜和艰辛。是一个闯荡久了的孩子对母亲深深地哭述。小透就被这泪水感动得心都化了，一腔母性温情，海潮一样铺天盖地而来。

　　古歌这时被海潮深深卷起，在小透吻自己脸颊时，不由自主把小透搂在了怀里。这时的他，像见到了方小含，他一生最深情的恋人，最难以割舍的挚爱，最放不下的另一半。

古歌爱的帆船在漩涡里打漩时，小透来掌舵了，这是她的失控和自愿。这一夜他们无疑走进了男女之爱。古歌虽脚上有伤，把两个人的事做得也十分到位，这不能不说是舞蹈的功力帮了他的大忙，不然他的脚伤肯定妨碍他快感的质量。

做完后，古歌的情绪平稳了许多，却是两眼望着天花板失眠了，他又一次思念起方小含。半夜时分他推了推躺在他身边，也和他一样睡不着的小透，对她说，明天，你陪我去一趟部队好吗，我要把小含接回来。

说这话时，他虽像个孩子，却依旧信念如铁。

绝地哺乳

冯小板台球打得好，在班级没人能抵挡得上她。但是这天她改为登山了。

登山不是她想去，大三的时间像油，她舍不得去，是母亲想去。母亲早年是登山运动员，退役许多年了，现在陪冯小板去登山，是她别有用意。

冯小板在减肥，人减成一根刺，前胸贴着后背，肚皮冲太阳一照，能看清几根肠子。可是她还在减，每天让母亲给她做木瓜粥，一做一小盆，端到学校就不吃别的了。

冯小板的母亲觉得这样不好，和她理论几次，冯小板不高兴，嘟哝，又不是乳汁，若是你的乳汁，你又能啥样？母亲没办法，就主张和她登一次山。

双盔山在郊外，山上结实地伸出两顶帽檐，像手臂，老远就和她们打招呼。她们背着干粮和水，雪橇还有登山器具，开始了向自然挑战。

母亲体力很好，看不出五十岁，总是走在冯小板前头，腿不酸，腿不软，壮硕而有力。倒是冯小板，刚到山脚就力不从心，才登几步，就有些气喘。体力一跟不上趟，冯小板就心烦，觉得母亲没事找事，大冷的天不好好在家呆着，出来冒险。这样一想再看母亲，觉得她不可思议，还穿着个刺眼的大红衣服。

本来说好是从南坡登路，南坡坡缓，天然的滑雪场。但是到了山脚下，母亲突然改了主意，从北坡上。

北坡陡，没有登山的经验谁都不敢做尝试。母亲看出冯小板的担心，就说，我熟路，刚好锻炼一下意志。说着人已走了上去。冯小板没有信心，他同学中就有一个人，从北坡登顶丧了生。可是这当儿把事说给母亲，未免有点不吉利，冯小板只好把话头掩起来，跟母亲攀了上去。

起初的路还可以，冯小板再怎么减肥她也是年轻，跟着母亲的脚步没显太费力。但是到了山腰，情形就逆转，异峰突起，怪石嶙峋，有些雪窝把腿

陷进去，还够不到它的根底。冯小板有些惧怕，说，妈，太危险了，我们回吧。

母亲在前面走，也登得很艰难。听了冯小板的话，没回头，思忖片刻说，登山登山，其实不是两个字，是一个字，就是登，不登怎么叫山，登上去才是山。母亲的话被山风撕得粉碎，但冯小板还是听懂了，母亲没有返回的意思。

山有时真是魔鬼，越峥嵘越折磨人，仿佛它的俊秀就是为了拒绝。

果然到了晌午，路突然中断了，满眼乱石，冰壁林立，石头与冰层如一棵棵上长的树，看不到顶。如非要仰头去看，人就危险后仰下去，看着心都打鼓。

没有路我们还走吗？冯小板催逼着母亲。

冯小板的母亲非常训练有素，她临危不惧，想着对策，运动员的韧劲，此时像她怀里沉睡多年的娃娃，顷刻间醒来。她说，哪有回去的道理，登山都是向前，你看谁向后登了？母亲从包里面取出一捆绳子，绳子上一个铁抓手，在空中绕了几绕，用力一抛，铁抓手牢牢地固定在冰壁上。

这有把握吗？冯小板问。母亲没吭声，她想用行动来回答。

冯小板在母亲的护送下，上去了。上去的她立马就瘫了，浑身出透了冷汗，她看到了山底，盘根错节的公路，像人的手指一样粗细。母亲比冯小板利落，冯小板还没哆嗦完，石壁下母亲的两个雪橇就露出头来。

母亲上来后，没有歇息，继续做着向上攀登的准备，可是再向上就更难了。冯小板说，妈，我可是登不动了，要登你登吧。母亲没迁就她，说，那怎么行，比试一下我们和自然到底差在哪里？面对它，你不减肥也许才是个棒槌，减了，就是稻草了。

冯小板白了母亲一眼。这时她们共同看到了山顶。

山顶这会儿让她们大吃一惊。雪雾迷茫，白浪滔天，一个个雪柱拔地而起，像旋风向她们的方向扑来，母亲马上辨明情况，叫了声：雪崩！拉着冯小板躲在了一块巨石下。

真是雪崩了。铺天盖地，隆隆作响，冰雪连同山体一起呼啸而来，瞬间把大山掩埋了，分不清哪是山哪是路，天空混沌一片……

往下的事不用说了，和所有的遇险故事一样，冯小板和母亲陷入了绝境，手机没信号了，缺水断粮了，上不去下不来了。

　　三天以后，一架搜救机发现了目标，在接近山体时，他们看到一望无际的白雪上，有一点红瑟瑟抖动，用高倍望远镜看，是一件匍匐在冰雪之上的红色羽绒服。

　　不远处的山石下有两个人，一个躺在另一个的怀里。机长看后激动地对机组成员说，一位母亲在奶孩子呢。可是等他们进一步接近时，都惊呆了，孩子吮吸的不是母亲的乳头，而是母亲的手指，那血正一滴滴润进女孩的喉咙。

　　骄傲而鲜活。

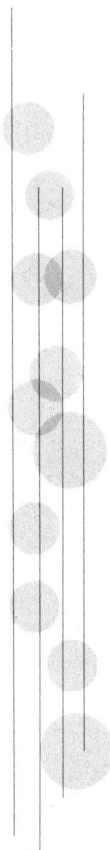

拯 救

　　小区节电，晚八点才开灯。各家各户的灯盏一闪出光亮，前楼立即有两个人向后楼望。楼房的窗几乎对着，他俩看到从后楼窗子射出个人影，一男子开始穿装打扮往出走，一个和写字台一般高的小女孩跟在后面叫爸爸。当男子闪在门外咣的一声将门关上，小女孩不再追了，一只手抬起抹眼泪。

　　他俩看到这光景，说，敏儿又哭了；敏儿太可怜了。

　　他俩说着就下楼，一起去跟踪男子，想弄清男子到底做什么去。男子并没有目标，就是一路疾走，昂着头，目不斜视。他俩跟不上，只有改变战术，从岔道堵截。这招儿还真灵，他们中的一个迎面撞上了他，就和男子打招呼：程普，这么晚了做什么去？

　　男子不回答，沉浸在自己的世界中，像根本没听到他的话，无动于衷地同他擦肩而过。

　　两个人讪讪地汇合，一个说，梦游这么厉害呀，得想办法唤醒他。另一个则叹息，不只是梦游了，是精神出了毛病。一个说，他媳妇真狠，竟然甩了他，看孩子的面儿也不该呀。另一个说，那叫一百万呀，卷跑一百万和天上掉馅饼有什么两样？

　　说话间，男子的背影转过了墙角，很快从他们的视野中消失了。但是他们也不怕他丢，男子每天都这个路线，好像事先规定好的，又好像沿着这条路走下去，就能找到他的老婆。这时他们中的一个说，我们要想个办法，让他心动，心一动，自然就能醒来。

　　另一个就搔着脑袋动起了脑筋，说，对，程普爱下棋，我们截住他，找他下棋。他俩达成共识，就拐进路旁一家棋社，租了一副象棋。在程普必然出现的路旁拉开了阵势。路灯下，他们把棋子拍得啪啪直响，杀戮声极大，将！将！！将！！！可走过来的程普，连看都没看他们一眼，旁若无人地径直而去。

他们俩望着他的背影，一时没了主意。一个问另一个，你说，这世界作为父亲最在意的是什么？儿女。另一个漫不经心地回答。可紧接着他叫了起来，说，有了，我们找敏儿，敏儿一出现他肯定醒来。另一个赞同地响应，说对呀，这办法准行啊，肯定百发百中。两个人激动得孩子般跳了起来。

这是他们想把男子拉回到正常人行列的第五天。

他们去找敏儿。前后楼住着，敏儿对他们很熟，他们一叫门，敏儿就开了，小姑娘脸上的泪痕还没干。她可能饿了，手里拿着一个生土豆。他俩一看心就酸了。一个说，敏儿，叔叔领你去肯德基，吃汉堡；另一个说，叔叔给你买可乐，买娃哈哈。敏儿高兴了，手中的生土豆滑落在地。

他们真的领着敏儿吃了汉堡，喝了可乐，买了娃哈哈。然后又领敏儿来到一个小巷，这条小巷叫都市，是程普的必经之路。几乎是每晚十点十五分，他的身影必然出现在都市。

他们问敏儿，你爸爸最喜欢什么？敏儿回答，"最喜欢上网"。"和谁聊呢"？"和一个叫卡拉的人聊"。"卡拉不是你妈妈吗"？"这个卡拉不是，她是另一个卡拉"。"你爸爸喜欢这个卡拉"？"爸爸喜欢妈妈，他说这个卡拉就是妈妈那个卡拉。"

两个人相视一笑，知道程普不只为失去一百万，而是为失去卡拉。

十点十五分到了，程普的身影准时出现。路上人烟稀少。老远就看到程普大踏步走来。其中一个对敏儿说，敏儿，我们一起救爸爸，等他到我们跟前时，你就喊，爸爸，拉住他不放。敏儿懂事的点着头。

程普来了，他穿着一件浅蓝色格子衫，脸色惨白惨白，眼睛一眨不眨，直逼着远方。敏儿这时冷不防从胡同口窜出，大叫一声"爸爸"！夜空中，这声响确实起了作用，程普深深地打了个愣。但也仅仅就像钟表卡了一下壳，愣过后，他又开始急速向前了。

程普没有认出女儿，他们失败了。他们俩顿时很泄气。敏儿见爸爸没有停留，也哇的一声大哭起来。这提醒了他们中的一个，他说，不能泄气，我们还没到绝境，敏儿不能没有爸爸，我们说什么也要唤醒他。说着抱起敏儿，去拦出租车。

车停下了，三个人一同坐了进去，抱着敏儿的人指着前方奔走如飞的程普，对司机说，看到了吧，追上那个人，在他前方二百米的地方停车。然后又对敏儿细细地做了交待，聪明的敏儿把他的话一一记住了。

出租车停在了指定地点。这时候从车里下来了敏儿，如一只彩蝶，急急地向一簇花扑去。他们俩没有下车，但是敏儿的身影他们看得真真切切。

一个令人激动的场面出现了，一个他俩期许已久的场面出现了，疯狂的程普像中弹一样戛然停住，他醒了，立在原地，少顷，他向敏儿张开了快乐的手臂。

坐在车里的他俩眼睛湿润了，其中一个有点耳背，问另一个，敏儿喊了吗？另一个回答，喊了，爸爸，我是卡拉。